Karel Hynek Mácha:
Mai (Máj)
Erstausgabe Prag 1836

Wien und Prag 2020
Kētos, Bd. / sv. 11
www.ketos.at

Der Originaltext entstammt der krit. Ausg. © Charypar et. al. (ed.), Prag 2019
und wurde mit freundlicher Genehmigung des Verlags Akropolis und
des Instituts für tschechische Literatur der Akademie der Wissenschaften
der Tschechischen Republik übernommen (zu Abweichungen s.u. S. 104–106).
Bibliographie d. Übersetzungen: Stanislav Rubáš / Ondřej Cikán (s.u. S. 150–155).

Lektorat: Katharina Krones (2012) und Anatol Vitouch (2020)
Satz und Umschlag: Josefine Schlepitzka
Umschlagkonzept: Lukas Fuchs, LGBF
Schrift: Athelas (Kern), Alte Haas Grotesk Pro (Umschlag)
Druck und Bindung: PBTisk Příbram

Die vorliegende Ausgabe ersetzt die vergriffene Ausgabe
Karel Hynek Mácha: *Mai*, üb. O. Cikán, Wien, Labor, 2012 (s. S. 107).

Gefördert durch die Tschechische Gemeinde in der Erzdiözese Wien
und das Kulturministerium der Tschechischen Republik.

MINISTRY OF CULTURE
CZECH REPUBLIC

2. (verbesserte) Auflage, Stk. 1001–2500.
1. Auflage im Verlag Kētos, Stk. 1–1500.

Auslieferung weltweit außer CZ und SK: www.herold-va.de
Auslieferung CZ und SK: www.kosmas.cz

ISBN 978-3-903124-09-7

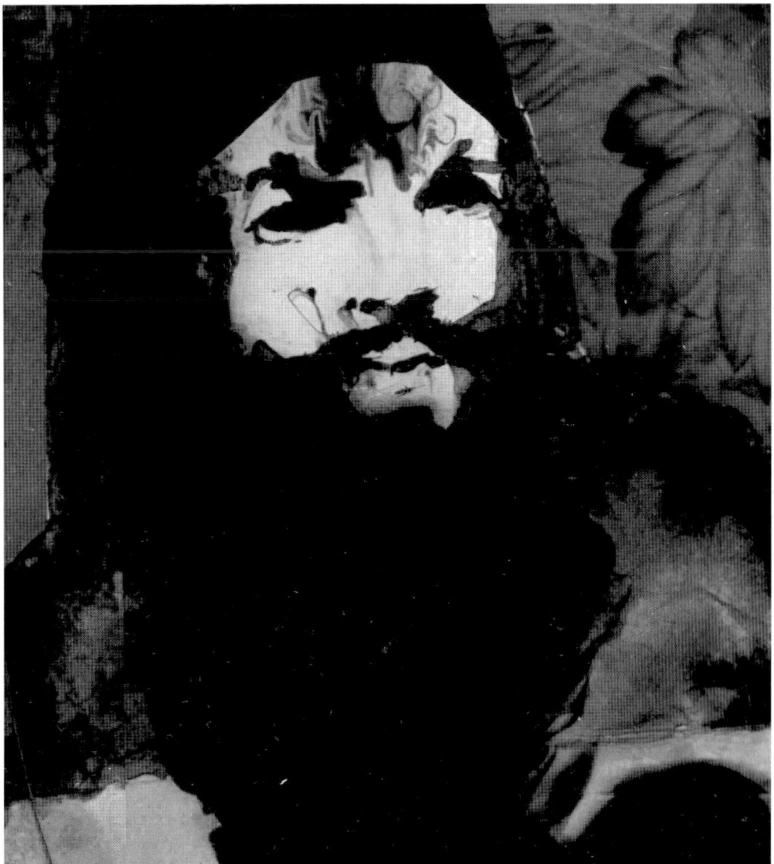

Dalekáť cesta má! Marné volání!!
Weithin führt mich mein Weg! Vergebliches Rufen!!

KAREL HYNEK MÁCHA

Máj

přeložil Ondřej Cikán,
ilustroval Antonín Šilar.

Kētos, Vídeň a Praha 2020

KAREL HYNEK MÁCHA

Mai

übersetzt von Ondřej Cikán,
illustriert von Antonín Šilar.

Kētos, Wien und Prag 2020

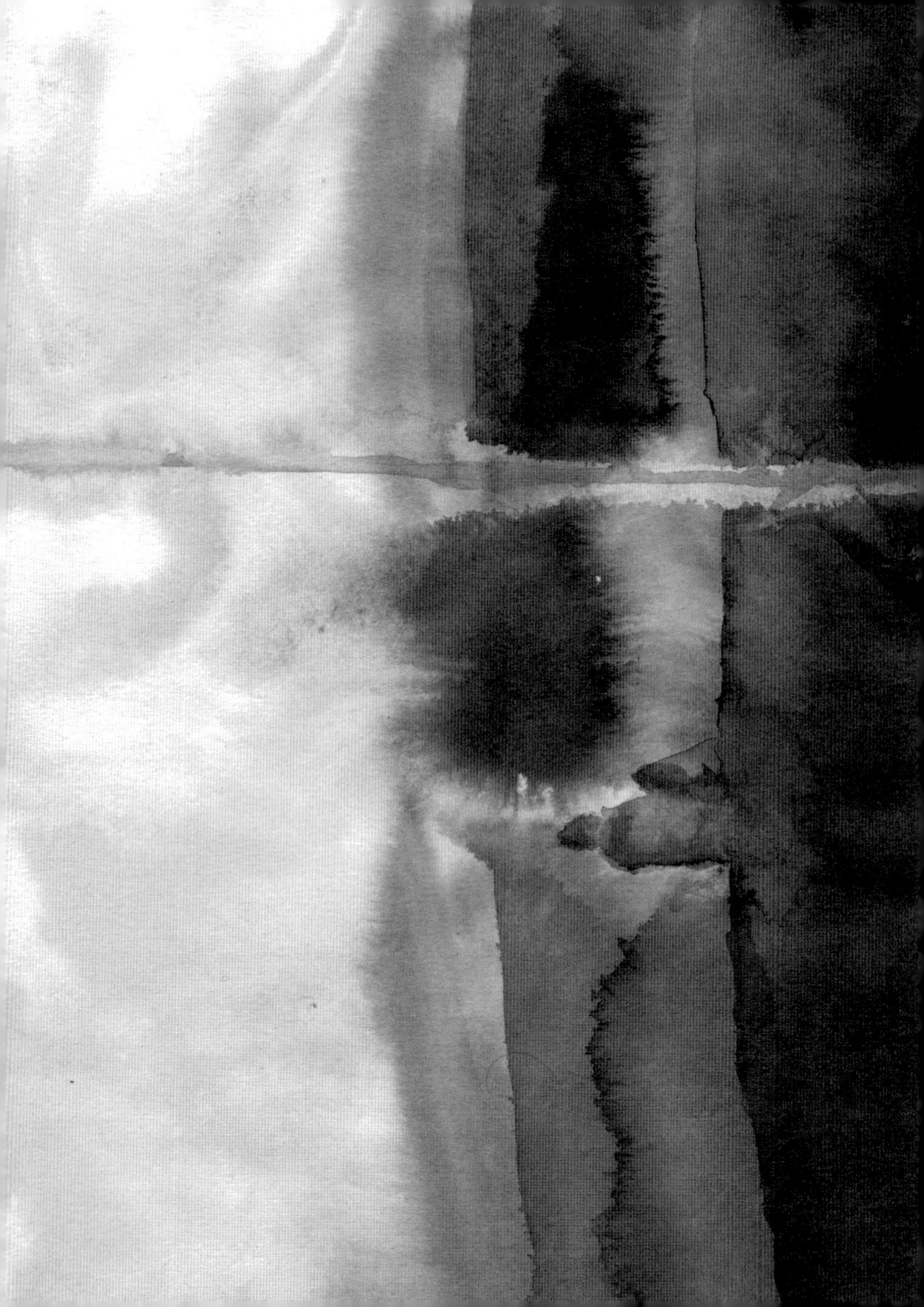

I.

Byl pozdní večer – první máj –
Večerní máj – byl lásky čas.
Hrdliččin zval ku lásce hlas,
Kde borový zaváněl háj.
O lásce šeptal tichý mech;
Květoucí strom lhal lásky žel,
Svou lásku slavík růži pěl,
Růžinu jevil vonný vzdech.
Jezero hladké v křovích stinných
Zvučelo temně tajný bol,
Břeh je objímal kol a kol;
A slunce jasná světů jiných
Bloudila blankytnými pásky,
Planoucí tam co slzy lásky.
I světy jich v oblohu skvoucí
Co ve chrám věčné lásky vzešly;
Až se – milostí k sobě vroucí
Změnivše se v jiskry hasnoucí –
Bloudící co milenci sešly.
Ouplné lůny krásná tvář –
Tak bledě jasná jasně bledá,
Jak milence milenka hledá –
Ve růžovou vzplanula zář;
Na vodách obrazy své zřela,
A sama k sobě láskou mřela.
Dál blyštil bledý dvorů stín,

1.

Es war spät Abend – erster Mai –
Abends der Mai war Liebeszeit.
Das Täubchen rief zur Lieb herbei,
Der Föhrenhain duftete weit.
Von Liebe flüsterte das Moos;
Und blühend log von Schmerz ein Baum,
Die Nachtigall sang ihren Traum,
Die Rose schwieg, sie seufzte bloß.
Im Sträucherschatten still zerronnen
Rauschte der See geheimes Leid,
Das Ufer hielt ihn lang und breit;
Und fremder Welten helle Sonnen,
Sie irrten durch azurne Strähnen,
Loderten dort wie Liebestränen.
Die Welten auch, die höher strebend
In ewger Liebe Zuflucht nahmen;
Bis sie – sich immer höher hebend,
Verloschen still, wie Funken schwebend –
Verirrt, verliebt zusammenkamen.
Der Luna volles Angesicht –
Bleiche Helle, helles Verbleichen,
Die Liebste sucht, doch er muß weichen –
Errötete in zartem Licht;
Sie sah sich in den Wassern stehen
Und mußte nach sich selbst vergehen.
Fern sah man dunkle Höfe scheinen:

Jenž k sobě šly vzdy blíž a blíž,
Jak v objetíby níž a níž
Se vinuly v soumraku klín,
Až posléz šerem v jedno splynou.
S nimi se stromy k stromům vinou. –
Nejzáze stíní šero hor,
Tam bříza k boru k bříze bor
Se kloní. Vlna za vlnou
Potokem spěchá. Vře plnou –
V čas lásky – láskou každý tvor.

Za růžového večera
Pod dubem sličná děva sedí,
Se skály v břehu jezera
Daleko přes jezero hledí.
To se jí modro k nohoum vine,
Dále zeleně zakvítá,
Vzdy zeleněji prosvítá,
Až v dálce v bledé jasno splyne.
Po širošíré hladině
Umdlelý dívka zrak upírá;
Po širošíré hladině
Nic mimo promyk hvězd nezírá.

So kamen sie sich nah, ganz nah
Und lagen bald umarmt schon da,
Tief, tiefer, um sich ganz zu einen
Im dunklen Schoß der Dämmerungen.
Auch Bäume halten sich umschlungen. –
Am fernsten liegt der Berge Schatten,
Wo Birke, Kiefer süß ermatten,
Zu zweit ganz, und die Wellen rollen
Den Wellen nach. Nichts bleibt der vollen
Liebe jetzt fern – zur Liebeszeit.

Ein Mädchen sitzt am Eichenbaum
Bei rosenrotem Abendlicht.
Den Felsen säumt der Wogenschaum.
Sie streckt weit nach dem See die Sicht,
Der sich ihr blau zu Füßen schmiegt,
Um weiter dann grün aufzublühn,
Und immer heller wird das Grün,
Bis es als bleicher Schein verfliegt.
Uber die ewig breite Fläche
Blickt müd das Mädchen nach den Weiten;
Über die ewig breite Fläche
Sieht sie allein die Sterne gleiten.

Dívčina krásná, anjel padlý,
Co Amaranth na jaro svadlý,
V ubledlých lících krásy spějí.
Hodina, jenž jí všecko vzala,
Ta v usta, zraky, čelo její
Půvabný žal i smutek psala. –

Tak zašel dnes dvacátý den,
V krajinu tichou kráčí sen.
Poslední požár kvapně hasne,
I nebe, jenž se růžojasné
Nad modrými horami míhá.
»On nejde! – již se nevrátí!« –
Svedenou žel tu zachvátí!
Hluboký vzdech jí ňádra zdvíhá,
Bolestný srdcem bije cit,
A u tajemné vod stonání
Mísí se dívky pláč a lkání.
V slzích se zhlíží hvězdný svit,
Jenž po lících co jiskry plynou.
Vřelé ty jiskry tváře chladné
Co padající hvězdy hynou;
Kam zapadnou, tam květ uvadne.

Viz, mihla se u skály kraje;
Daleko přes ní nahnuté
Větýrek bílým šatem vlaje.
Oko má v dálku napnuté. –

Ein Engel, gefallen, verglüht,
Ein Amaranth, nur schon verblüht
Im Frühling. Schöne Wangen wund.
Die Stunde, die ihr alles nahm,
Die schrieb auf Blicke, Stirn und Mund
Ihr Trauer nur und Leid und Gram. –

Es sind jetzt zwanzig Tage kaum,
Das stille Land betritt ein Traum.
Der allerletzte Brand lischt schnell,
Der Himmel auch, der rosenhell
Über den blauen Bergen schwebt.
»Er kommt nicht! – kehrt zurück nicht mehr!« –
Ein Schmerz trifft die Verführte schwer.
Ein Seufzen, das die Brust ihr hebt,
Und Gram schlägt ihr durchs Herz – und Pein.
Des Wassers dunkle Schluchzer einen
Sich mit des Mädchens Leid und Weinen.
In Tränen glänzt der Sterne Schein.
Als Funken finden sie sich wieder,
Fließende Funken, kalte Wangen,
So stürzt ein Stern zur Erde nieder;
Was blühte, stirbt, ist er vergangen.

Sieh, die Regung am Felsenrand;
Wie sie so an der Klippe steht,
Nach vorn geneigt in Weiten späht,
Weht weiß ein Wind ihr durchs Gewand. –

Teď slzy rychle utírá,
Rukou si zraky zastírá
Upírajíc je v dálné kraje,
Kde jezero se v hory kloní,
Po vlnách jiskra jiskru honí,
Po vodě hvězda s hvězdou hraje.

Jak holoubátko sněhobílé
Pod černým mračnem přelétá,
Lílie vodní zakvétá
Nad temné modro; tak se číle –
Kde jezero se v hory níží –
Po temných vlnách cosi blíží,
Rychle se blíží. Malá chvíle,
A již co čápa vážný let,
Ne již holoubě či lílie květ,
Bílá se plachta větrem houpá.
Štíhlé se veslo v modru koupá,
A dlouhé pruhy kolem tvoří.
Těm zlaté růže, jenž při doubí
Tam na horách po nebi hoří,
Růžovým zlatem čela broubí.

»Rychlý to člůnek! blíž a blíže!
»To on, to on! Ty péra, kvítí,
»Klobouk, oko, jenž pod ním svítí,
»Ten plášť!« Již člůn pod skalou víže.

Jetzt wischt sie schnell die Tränen fort,
Beschattet den Blick mit der Hand,
Richtet sie nach dem fernen Ort,
Wo sich zum Berg die Wasser neigen
Und Funken nach den Funken steigen.
Die Wellen ziehn ein Sternenband.

So wie ein Täubchen, weißer Schnee,
Unter den schwarzen Wolken schwebt,
Die Wasserlilie sich erhebt,
Die blüht, aufs Dunkelblau im See,
Wo sich zum Berg die Wasser schmiegen,
So sieht sie etwas zu sich fliegen.
Und es fliegt schnell. Kaum Zeit verrinnt,
Und wie ein Storch so ernst ziehts her,
Kein Täubchen, keine Lilie mehr,
Ein Segel, das im Windhauch schwingt,
Ein Ruder, das ins Wasser dringt,
Das Streifen schafft, die ringsum schäumen,
Denen der Eichenhaine Rosen,
Die brennend im Gebirge tosen,
Mit Rosengold die Stirnen säumen.

»Ein schnelles Boot! schon nah am Land!
»Er ists, er ists! Die Federn, Blüten,
»Der Hut. Des Auges Gluten wüten!
»Das Kleid!« Das Boot am Felsenrand.

Vzhůru po skále lehký krok
Uzounkou stezkou plavce vede.
Dívce se zardí tváře bledé;
Za dub je skryta. – Vstříc mu běží,
Zaplesá – běží – dlouhý skok –
Již plavci, již na prsou leží –
»Ha! běda mi!« V tom lůny zář
Jí známou osvítila tvář;
Hrůzou se krev jí v žilách staví.
»Kde Vilém můj?«

»»Viz,«« plavec k ní
Tichými slovy šepce praví:
»»Tam při jezeru vížka ční
»»Nad stromů noc; její bílý stín
»»Hlubokoť stopen v jezera klín;
»»Však hlouběji ještě u vodu vryt
»»Je z mala okénka lampy svit;
»»Tam Vilém myšlenkou se baví,
»»Že příští den jej žití zbaví.
»»On hanu svou, on tvoji vinu
»»Se dozvěděl; on svůdce tvého
»»Vraždě zavraždil otce svého.
»»Msta v patách kráčí jeho činu. –
»»Hanebně zemře. – Poklid mu dán,
»»Až tváře, jenž co růže květou,
»»Zbledlé nad kolem obdrží stán,
»»Až štíhlé oudy v kolo vpletou.

Sie sieht den Schiffer leicht mit Schwung
Den schmalen Steig heraufgelangen.
Es röten sich die bleichen Wangen
Hinter der Eiche. – Ihm entgegen –
Jubel – sie läuft – und schon – ein Sprung –
Sich an des Schiffers Brust zu legen –
»Ha! wehe mir!« Der Luna Licht
Erhellt ein bekanntes Gesicht;
Den Adern friert das Blut vor Graus.
»Wo ist mein Wilhelm?«

»»Siehe««, sagt
Der Schiffer, spricht es leise aus:
»»Über der Bäume Nacht dort ragt
»»Ein Turm am See; und sein Schatten sinkt
»»Dort tief in den Schoß des Sees hinein.
»»Nur tiefer noch in das Wasser dringt
»»Des kleinen Turmfensters Lampenschein,
»»Wo Wilhelm der Gedanke plagt,
»»Daß er nun stirbt, sobald es tagt.
»»Von deiner Schuld, von seiner Schmach
»»Erfuhr er; und sein Mord an deinem
»»Verführer war ein Mord an seinem
»»Vater. Der Tat folgt Rache nach. –
»»Er stirbt nun schändlich. – Ruhe gegönnt
»»Sei ihm, wenn das rosige Licht
»»Verblaßter Wangen das Rad einst krönt,
»»Wenn man ins Rad die Glieder flicht.

»»Tak skoná strašný lesů pán! –
»»Za hanu jeho, za vinu svou,
»»Měj hanu světa, měj kletbu mou!««

Obrátí se. – Utichl hlas –
Po skále slezl za krátký čas,
Při skále člůn svůj najde.
Ten rychle letí, co čápa let,
Menší a menší, až co lílie květ
Mezi horami po vodě zajde.

Tiché jsou vlny, temný vod klín,
Vše lazurným se pláštěm krylo;
Nad vodou se bílých skví šatů stín,
A krajina kolem šepce: »Jarmilo!«
V hlubinách vody: »Jarmilo! Jarmilo!!«

Je pozdní večer první máj –
Večerní máj – je lásky čas.
Zve k lásky hrám hrdliččin hlas:
»Jarmilo! Jarmilo!! Jarmilo!!!«

»»So stirbt der Wälder dunkler Held! –
»»Für deine Schuld, für seine Schmach,
»»Hab meinen Fluch – hab die Schmach der Welt!««

Jetzt kehrt er um. – Die Stimme schweigt,
Da schnell er den Felsen niedersteigt
Und bald sein Boot am Felsen findet.
Das fliegt dahin, ist ein Storch jetzt wieder,
Wird kleiner, geht als Lilie nieder,
Die zwischen See und Gebirg verschwindet.

Schweigende Wellen, ihr Schoß voll Leid,
Lasur bedeckt sie, macht sie stiller;
Und über dem Wasser glänzt weiß ein Kleid,
Die Landschaft ringsum flüstert: »Jarmila!«
Tiefe Gewässer: »Jarmila! Jarmila!!«

Es ist spät Abend – erster Mai –
Abends der Mai ist Liebeszeit.
Das Täubchen ruft zum Spiel herbei:
»Jarmila! Jarmila!! Jarmila!!!«

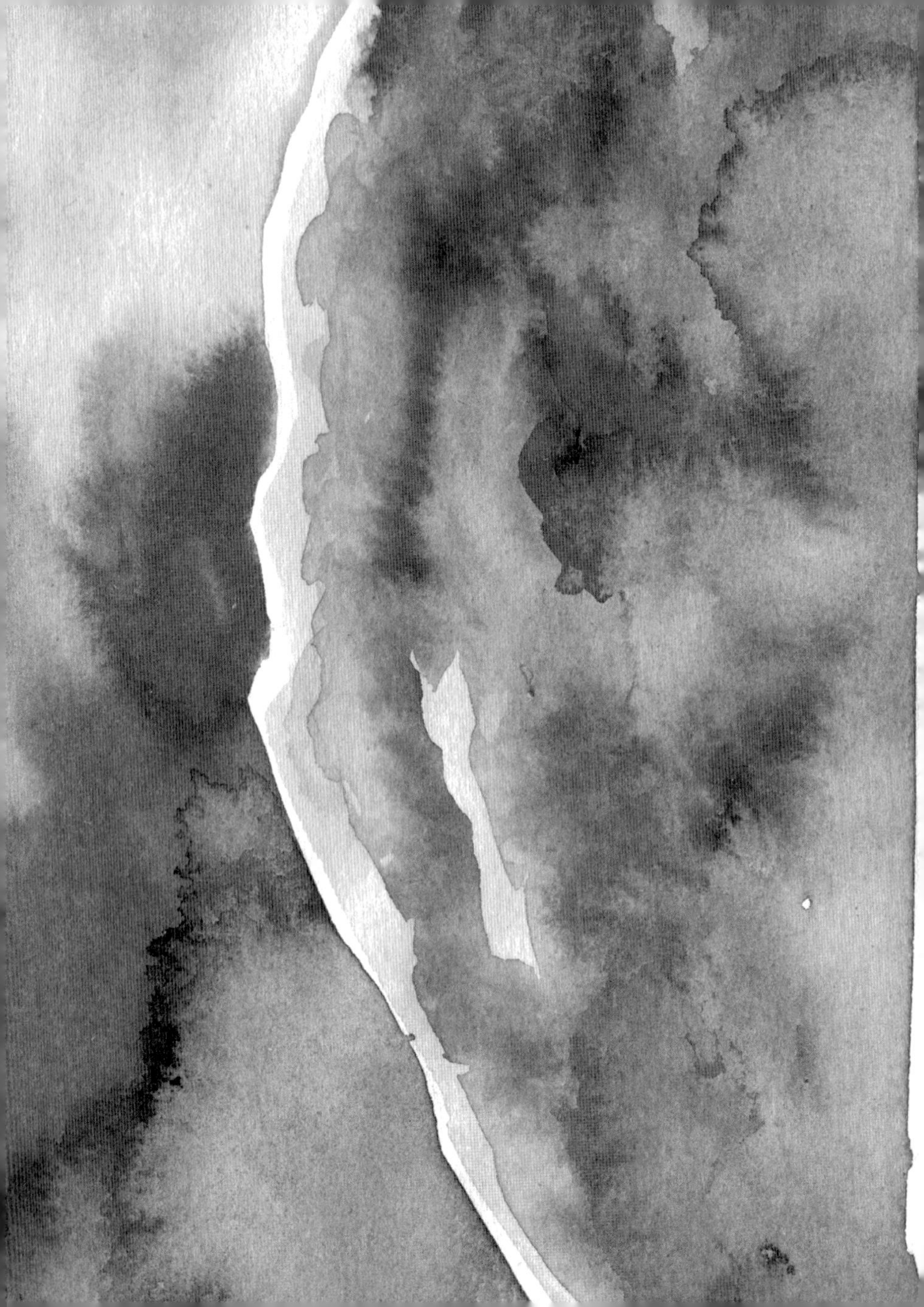

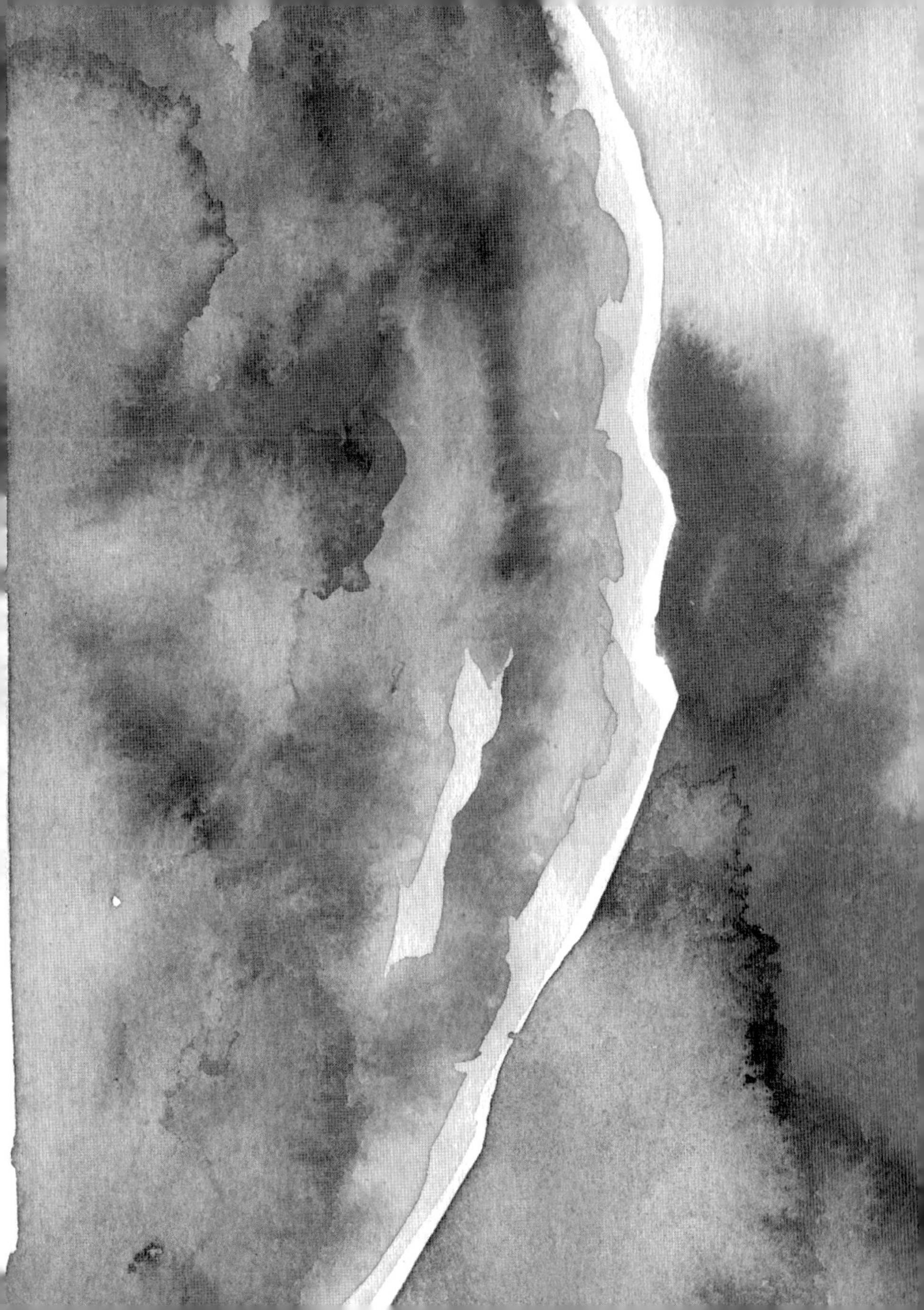

2.

Klesla hvězda s nebes výše,
Mrtvá hvězda sinný svit;
Padá v neskončené říše,
Padá věčně v věčný byt.
Její pláč zní z hrobu všeho,
Strašný jekot hrůzný kvíl.
»Kdy dopadne konce svého?«
Nikdy – nikde – žádný cíl.
Kol bílé věže větry hrají,
Při níž si vlnky šepotají.
Na bílé zdě stříbrnou zář
Rozlila bledá lůny tvář;
Však hluboko u věži je temno pouhé;
Neb jasna měsíce světlá moc
Uzounkým oknem u sklepení dlouhé
Proletši se změní v pološerou noc.
Sloup sloupu kolem rameno si podává
Temnotou noční. Z venku větru vání
Přelétá zvražděných vězňů co lkání,
Vlasami vězně pohrává.
Ten na kamený složen stůl
Hlavu o ruce opírá;
Polou sedě a kleče půl
V hloub myšlenek se zabírá.
Po měsíce tváři jak mračna jdou,
Zahalil vězeň v ně duši svou;
Myšlenka myšlenkou umírá.

2.

Sank ein Stern vom Himmelsbogen,
Totes Sternlicht, fahler Schein;
Nach dem Nichts hinabgezogen,
Ewger Fall nach ewgem Sein.
Allem Grab entweicht sein Weinen,
Schlimmes Schreien, das zerfiel.
»Wird er sich dem Ende einen?«
Niemals – nirgends – hat kein Ziel.
Die Winde spielen um den hellen
Turm im Geflüster stiller Wellen.
Und Lunas bleiches Angesicht
Goß auf die Mauern weißes Licht;
Doch tief im Turm herrscht Finsternis allein;
Und dringt auch des Mondes helle Macht
Durchs schmale Fenster im Kellergang ein,
Wandelt sie sich in halbdunkle Nacht.
Säule an Säule rings, die die Schultern sich reichen
Durch die Dunkelheit. Und der Winde Wehen
Naht wie ermordeter Häftlinge Flehen,
Dem Häftling durch das Haar zu streichen.
Der lehnt an einem Tisch aus Stein,
Stützt sich den Kopf mit Händen ab,
Halb sitzt er und halb knickt er ein.
Versunken in Gedanken gab,
Wie Wolken des Mondes Gesicht bedecken,
Er ihnen die Seele hin, sie zu verstecken;
Gedanke – des andern Gedanken Grab.

»Hluboká noc! ty rouškou svou
»Teď přikrýváš dědinu mou,
»A ona truchlí pro mě! –
»Že truchlí? – pro mě? – pouhý sen!
»Ta dávno neví o mně.
»Sotva že zítra jasný den
»Nad její lesy vstane,
»Já hanebně jsem odpraven,
»A ona – jak v můj první den –
»Vesele, jasně vzplane.«

Umlknul; po sklepení jen,
Jenž nad sloupy se zdvíhá,
Dál, dál se hlas rozlíhá;
Až – jakby hrůzou přimrazen –
Na konci síně dlouhé
Usne v temnotě pouhé.

Hluboké ticho té temnosti
Zpět vábí časy pominulé,
A vězeň ve snách dny mladosti
Zas žije dávno uplynulé.
To zpomnění mladistvých let
Mladistvé sny vábilo zpět;
A vězně oko slzy lilo,
Srdce se v citech potopilo; –
Marná to touha v zašlý svět.

»Ach tiefe Nacht! und jetzt deckst du
»Mit Schleiern meine Ortschaft zu,
»Die um mich trauert – sehr! –
»Trauert? – um mich? – ein bloßer Traum!
»Die kennt mich längst nicht mehr.
»Der helle Tag wird morgen kaum
»Über den Wäldern schweben;
»Ich ende durch des Schwertes Schlag,
»Und sie – als wärs mein erster Tag –
»Wird fröhlich sich erheben.«

Er schweigt; an den Gewölben nur,
Die über Säulen ragen,
Trägt weiter sich sein Klagen;
Erst an der Mauer hat die Spur
Sich – wie vor Graun erfroren –
Im dunklen Raum verloren.

Der tiefen Stille Dunkelheit
Lockt längst Vergangenes zurück.
Der Häftling lebt die Jugendzeit
Im Traum und verlorenes Glück.
Der jungen Zeit Erinnerung
Macht auch die Träume wieder jung;
Aus seinen Augen drangen Tränen –
Sein Herz in feuchter Niederung; –
Die Welt verging – umsonst das Sehnen.

Kde za jezerem hora horu
V západní stíhá kraje,
Tam – zdá se mu – si v temném boru
Posledně dnes co dítko hraje.
Od svého otce v svět vyhnán
V loupežnickém tam roste zboru.
Později vůdcem spolku zván
Dovede činy neslychané,
Všude jest jméno jeho znané,
Každémuť: »Strašný lesů pán!«
Až posléz láska k růži svadlé
Nejvejš roznítí pomstu jeho,
A poznav svůdce dívky padlé
Zavraždí otce neznaného.
Protož jest u vězení dán;
A kolem má být odpraven
Již zítra strašný lesů pán,
Jak první z hor vyvstane den.

Wo hinterm See der Berge Kette
Nach Westen eilt ins Tal;
Als Kind im Wald dort – träumt ihm – hätte
Er heut gespielt, zum letzten Mal.
Vom Vater verjagt in die Welt,
Wächst er in einer Räuberstätte
Heran, wird bald zum Herrn bestellt,
Unglaubliche Taten vollbringt
Er, daß weithin sein Name klingt
Im Land: »Der Wälder dunkler Held!«
Lieb, die der welken Rose brannte,
Hat seine Rache dann entfacht;
Als den Verführer er erkannte,
Hat er den Vater umgebracht.
Drum ist er ins Verlies gestellt;
Und Morgen wird er hingerichtet
Durchs Rad, der Wälder dunkler Held,
Wenn im Gebirg der Tag sich lichtet.

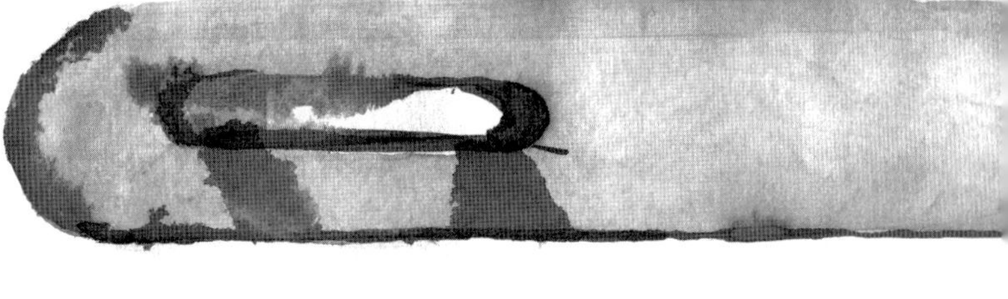

Teď na kamený složen stůl
Hlavu o ruce opírá,
Polou sedě a kleče půl
V hloub myšlenek se zabírá;
Po měsíce tváři jak mračna jdou,
Zahalil vězeň v ně duši svou,
Myšlenka myšlenkou umírá.

»Sok – otec můj! vrah – jeho syn,
»On svůdce dívky mojí! –
»Neznámý mně. – Strašný můj čin
»Pronesl pomstu dvojí.
»Proč rukou jeho vyvržen
»Stal jsem se hrůzou lesů?
»Čí vinu příští pomstí den?
»Čí vinou kletbu nesu?
»Ne vinou svou! – V života sen
»Byl jsem já snad jen vyváben,
»Bych strestal jeho vinu?
»A jestli že jsem vůlí svou
»Nejednal tak, proč smrtí zlou
»Časně i věčně hynu? –
»Časně i věčně? – věčně – čas – «
Hrůzou umírá vězně hlas
Obražený od temných stěn;
Hluboké noci němý stín
Daleké kobky zajme klín,
A paměť vězně nový sen.

Jetzt lehnt er an dem Tisch aus Stein,
Stützt sich den Kopf mit Händen ab,
Halb sitzt er und halb knickt er ein.
Versunken in Gedanken gab,
Wie Wolken des Mondes Gesicht bedecken,
Er ihnen die Seele hin, sie zu verstecken;
Gedanke – des andern Gedanken Grab.

»Vater – Rivale! Mörder – Sohn!
»Er mußte sie zerbrechen! –
»Ich kannt ihn nicht. – Ich konnt zum Lohn
»Mich mordend zweifach rächen.
»Der Wälder Schrecken wurde ich. –
»Was mußt er mich verjagen?
»Und wessen Schuld rächt morgen sich?
»Weß Schuld hab ich zu tragen?
»Die meine nicht! – Das Leben träumte
»Mir? Zogs mich, daß ich nicht versäumte,
»Einst seine Schuld zu strafen?
»Und wenn mein Wille nicht die Hände
»Lenkte, wie kams, daß Tod und Ende
»Mich zeitig, ewig trafen? –
»Zeitig und ewig? – ewig – Zeit – «
Vor Grauen stirbt, vor Dunkelheit,
Der Stimme Hall im dunklen Raum.
Schatten. Die schwarze Nacht umfloß
Stumm seiner fernen Zelle Schoß
Und seinen Geist ein neuer Traum.

»Ach – ona, ona! Anjel můj!
»Proč klesla dřív, než jsem ji znal?
»Proč otec můj? – Proč svůdce tvůj?
»Má kletba – « Léč hluboký žal
Umoří slova. Kvapně vstal;
Nocí řinčí řetězů hřmot,
A z mala okna vězně zrak
Zalétá ven za hluky vod. –
Ouplný měsíc přikryl mrak,
Než nade temný horní stín
Vychází hvězdy v noci klín;
I po jezeru hvězdný svit,
Co ztracené světlo se míhá.
Zrak vězně tyto jiskry stíhá,
A v srdce bolný vodí cit.
»Jak krásnáť noc! Jak krásný svět!
»Jak světlo – stín se střídá!
»Ach zítra již můj mrtvý hled
»Nic více neuhlídá!
»A jako venku šedý mrak
»Dál – dál se rozestírá:
»Tak – « Sklesl vězeň, sklesl zrak,
Řetězů řinčí hřmot, a pak
U tichu vše umírá.

Již od hor k horám mraku stín –
Ohromna ptáka peruť dlouhá –
Daleké noci přikryl klín,
A šírou dálkou tma je pouhá.

»Ach sie! – mein Engel war sie, um
»Zu fallen. Kaum gekannt – schon fort.
»Vater – warum? Verführt – warum?
»Mein Fluch – « Doch es erstickt das Wort
Im Leid. Und er erhebt sich, steht;
Kettengeklirr, -gekrächz, ein Graus,
Hinter der Wasser Lärmen weht
Durchs Fenster jetzt sein Blick hinaus. –
Gewölk, das vor den Vollmond geht,
Über dessen Schatten oben
Jetzt Sterne durch die Nacht sich hoben;
Auch auf dem See glänzt Sternenlicht,
Verloren nur, im See versunken,
Des Häftlings Blick verfolgt die Funken,
Und was sein Herz jetzt fühlt, das bricht.
»Wie schön die Nacht! Wie schön die Welt!
»Es wechseln Licht und Schatten,
»Was morgen mein Blick nicht behält,
»Ach, er wird mir ermatten!
»Grau wie Gewölk auf seiner Bahn
»Weit – weiter werden will,
»So – « sinkt das Auge, sinkt der Mann,
Kettengeklirr, -gekrächz und dann
Stirbt alles. Alles still.

Gewölk, das aufs Gebirg sich legt –
Ein Vogel, groß, mit langen Schwingen –
Hat auch die weite Nacht bedeckt.
Die Finsternis wird nichts durchdringen.

Slyš! za horami sladký hlas
Pronikl nocí temnou,
Lesní to trouba v noční čas
Uvádí hudbu jemnou.
Vše uspal tento sladký zvuk,
I noční dálka dřímá.
Vězeň zapomněl vlastních muk,
Tak hudba ucho jímá.
»Jak milý život sladký hlas
»V krajinu noční vdechne;
»Než zítřejší – ach – mine čas,
»Tu ucho mé ach nikdy zas
»Těch zvuků nedoslechne!«
Zpět sklesne vězeň – řetěz hluk
Kobkou se rozestírá; – –
Hluboké ticho. – V hloubi muk
Se opět srdce svírá,
A dálné trouby sladký zvuk
Co jemný pláč umírá. – – –

Doch hör! Wie eine Stimme klar
Hinter den Bergen singt.
Wie zart ein Waldhorn jetzt sogar
Die tiefste Nacht durchklingt.
Bei der Musik schläft alles ein,
Auch die Weite der Nacht.
Der Häftling läßt sein Leiden sein,
So süß singt diese Macht.
»Der liebe Klang haucht süßes Leben
»Auch der Nachtlandschaft ein;
»Der Morgen – ach – wird sich erheben,
»Zu meinem toten Ohr wird kein
»So schöner Klang mehr schweben!«
Er sinkt – das Kettenklirren hält
Den Raum, sich ihm zu einen; – –
Jetzt tiefe Stille. – Tief gequält
Erstickt das Herz von seinen
Gedanken, süß und fern zerfällt
Der Hornklang, zartes Weinen. – – –

»Budoucí čas?! – Zítřejší den?! –
»Co přes něj dál, pouhý to sen,
»Či spaní je bez snění?
»Snad spaní je i život ten,
»Jenž žiji teď; a příští den
»Jen v jiný sen je změní?
»Či po čem tady toužil jsem,
»A co neměla šírá zem,
»Zítřejší den mi zjeví?
»Kdo ví? – Ach žádný neví.« –

A opět mlčí. Tichá noc
Kol kolem vše přikrývá.
Shasla měsíce světlá moc,
I hvězdný svit, a kol a kol
Je pouhé temno, šírý dol
Co hrob daleký zívá.
Umlkl vítr, vody hluk,
Usnul i líbý trouby zvuk,
A u vězení síni dlouhé
Je mrtvé ticho, temno pouhé.
»Hluboká noc – temná je noc! –
»Temnější mně nastává – – –
»Pryč myšlenko!!« – A citu moc
Myšlenku překonává.

»Zukunft?! – Morgen?! – Das gibt es kaum,
»Was weiter geht, nichts als ein Traum,
»Gibts Träumen ohne Schlafen?
»Wohl ist das Leben auch ein Traum,
»Den ich jetzt leb; der Tag wird Raum
»Für neuen Schlaf nur schaffen?
»Vielleicht wird mir, was ich mein Leben
»Lang ersehnt, was im Erdenkreis
»Hier fehlt, der Morgen geben?
»Wer weiß? – Ach niemand weiß.« –

Er schweigt. Es hat sich still die Nacht
Über alles gelehnt.
Das Sternenlicht, die helle Macht
Des Monds erlöschen. Weit und breit
Im weiten Tal nur Dunkelheit,
Ein weites Grab, das gähnt.
Es schweigt das Wasser, schweigt der Hauch,
Und jetzt entschläft der Hornklang auch.
Finster, still ist des Kerkers Schwere
Im langen Gang, nur tote Leere.
»Tief ist die Nacht – die dunkle Nacht! –
»Die dunklere wird kommen. – – –
»Fort!!« – Es hat der Gefühle Macht
Das Denken fortgenommen.

Hluboké ticho. – Z mokrých stěn
Kapka za kapkou splyne,
A jejich pádu dutý hlas
Dalekou kobkou rozložen,
Jakoby noční měřil čas,
Zní – hyne – zní a hyne –
Zní – hyne – zní a hyne zas.

»Jak dlouhá noc – jak dlouhá noc –
»Však delší mně nastává. – – –
»Pryč myšlenko!« – A hrůzy moc
Myšlenku překonává. –
Hluboké ticho. – Kapky hlas
Svým pádem opět měří čas.

»Temnější noc! – – – Zde v noční klín
»Ba lůny zář, ba hvězdný kmit
»Se vloudí – – tam – jen pustý stín,
»Tam žádný – žádný – žádný svit,
»Pouhá jen tma přebývá.
»Tam všecko jedno, žádný díl –
»Vše bez konce – tam není chvíl,
»Nemine noc, nevstane den,
»Tam času neubývá. –
»Tam žádný – žádný – žádný cíl –
»Bez konce dál – bez konce jen
»Se na mne věčnost dívá.

Tiefe Stille. – Die Mauer sät
Tropfen auf Tropfen nieder.
Des hohlen Fallens Trockenheit,
Die in der feuchten Zelle steht,
Mißt die nächtliche Zeit,
Klingt – vergeht – klingt und vergeht –
Klingt – vergeht – klingt und vergeht dann wieder.

»Lang ist die Nacht – lang ist die Nacht –
»Die längere wird kommen. – – –
»Fort!« – Es hat ihm des Schreckens Macht
Das Denken fortgenommen. –
Tiefe Stille. – Die Trockenheit
Der Tropfenstimmen mißt die Zeit.

»Dunklere Nacht! – – – Hier in den Schoß
»Der Nacht dringt Lunas Strahlen her
»Und Sternlicht – – dort – die Schatten bloß,
»Dort gar kein – gar kein Leuchten mehr,
»Wo Dunkelheit nur kauert.
»Alles eins, nichts wenig, nichts viel –
»Alles endlos – kein Augenblick,
»Wo es nie graun, nie dämmern will.
»Die Zeit, die endlos dauert.
»Dort gar kein – gar kein – gar kein Ziel –
»Endlos fort – wo im Genick
»Die Ewigkeit mir lauert.

»Tam prázdno pouhé – nade mnou,
»A kolem mne i pode mnou
»Pouhé tam prázdno zívá. –
»Bez konce ticho – žádný hlas –
»Bez konce místo – noc – i čas – – –
»To smrtelný je mysle sen,
»Toť, co se »nic« nazývá.
»A než se příští skončí den,
»V to pusté nic jsem uveden. – – – «
Vězeň i hlas omdlívá.

A lehounce si vlnky hrají
Jezerní dálkou pode věží,
S nimi si větry šepotají,
Vězně uspávati se zdají,
Jenž v hlubokých mrákotách leží.

»Und Leere nur – da über mir
»Und rings um mich und unter mir
»Gähnt Leere nur, die schauert. –
»Endlos die Stille – lautlos, weit –
»Endlos der Ort – die Nacht – und Zeit – – –
»Das – des Denkens tödlicher Traum –
»Von dem man als vom »Nichts« nur spricht.
»Des Tages Ende neigt sich kaum,
»Ich bin im Nichts, im leeren Raum. – – – «
Der Mann, die Stimme bricht.

Und es spielen leicht die Wellen
Dort in der Ferne unterm hellen
Turm. Der Winde Geflüster wiegt,
Wie sie sich auch zum Spiel gesellen,
Den in Schlaf, der in Ohnmacht liegt.

Strážného zbudil strašný hřmot,
Jejž řetězů činí padání;
Se světlem vstoupil. – Lehký chod
Nezbudil vězně z strašných zdání.
Od sloupu k sloupu lampy svit
Dlouhou zalétá síní,
Vzdy bledší – bledší její kmit,
Až vzadu zmizí její moc,
A pustopustá temná noc
Ostatní díl zastíní.
Leč nepohnutý vězně zrak –
Jakby jej ještě halil mrak –
Zdá se, že nic nezírá;
Ač strážce lampy rudá zář
Ubledlou mu polila tvář,
A tma již prchla čírá.
On na kamený složen stůl
Hlavu o ruce opírá,
Polou sedě a kleče půl
Znovu v mdlobách umírá;
A jeví hlasu šepot mdlý,
Že trapnýť jeho sen i zlý.

»Duch můj – duch můj – a duše má!«
Tak slova mu jednotlivá
Ze sevřených ust plynou.
Než však dostihne ucho hlas,
Tu slova strašná ničím zas –
Jakž byla vyšla – hynou.

Ketten fallen, ihr Klirren drang
Zum Wächter, hat ihn aufgeweckt;
Er kommt mit Licht. – Leicht ist sein Gang,
Daß er des Häftlings Traum nicht schreckt.
Den Raum durchfliegt der Lampenschimmer
Den Säulen nach. Ermattet
Langsam, wird blasser – blasser immer,
Und hinten schwindet seine Macht,
Wo schwarz die wüste, leere Nacht
Den Rest des Raums umschattet.
Des Häftlings Blick ist unbewegt –
Als wär Gewölk darauf gelegt –
Es scheint, daß er nichts sieht,
Obwohl des Wächters Lampenlicht
Sich rot ergießt auf sein Gesicht,
Daß auch die Nacht es flieht.
Er lehnt an seinem Tisch aus Stein,
Stützt sich den Kopf mit Händen ab,
Halb sitzt er und halb knickt er ein.
Fast wieder tot in Ohnmacht gab
Er kaum mehr flüsternd still von sich:
Sein Traum sei bös und fürchterlich.

»Mein Geist – mein Geist – und meine Seele!«
Der Laut ist seiner engen Kehle
So nach und nach entwichen,
Erreicht das Ohr nur nicht. Er sprichts –
Schon ist sein dunkles Wort im Nichts –
So wie es kam – verblichen.

Přistoupí strážce, a lampy zář
Před samou vězně vstoupí tvář.
Obličej vězně – strašný zjev –
Oko spočívá nehnuté
Jak v neskončenost napnuté,
Po tváři slzy – pot a krev;
V ustech spí šepot – tichý zpěv.

Tu k ustům vězně ucho své
Přiklonil správce bázlivé;
A jak by lehký větřík vál,
Vězeň svou pověst šepce dál.
A strážný vždy se níž a níž
Ku vězni kloní – blíž a blíž,
Až ucho s usty vězně spojí.
Ten šepce tíše – tíš a tíš,
Až zmlkne – jak by pevně spal.

Leč strážný nepohnutě stojí,
Po tváři se mu slzy rojí,
Ve srdci jeho strašný žal. –
Dlouho tak stojí přimrazen,
Až sebrav sílu kvapně vstal,
A rychlým krokem spěchá ven.
On sice – dokud ještě žil –
Co slyšel, nikdy nezjevil,
Než navždy bledé jeho líce
Neusmály se nikdy více.

Der Wächter tritt nun heran, das Licht
Steht vor des Häftlings Angesicht.
Schrecklicher Anblick – und was tut
Das Auge? Unbewegt und weit
Starrt es nach der Unendlichkeit. –
Überall Tränen – Schweiß und Blut
Im Mund, wo Flüstern – Singen – ruht.

Der Wächter beugt sich ängstlich vor,
Führt zu des Häftlings Mund sein Ohr;
Als obs ein leichter Windhauch trage,
Flüstert der weiter seine Sage.
Tief, tief muß sich der Wächter neigen,
Ist schon dem Häftling nah, ganz nah,
Bis sich sein Ohr dem Mund vereint.
Still, still das Flüstern, kaum noch da,
Bis wie im Schlaf es weicht – dem Schweigen.

Der Wächter steht noch unbewegt,
Hat Tränen in den Augen, weint,
Aufs Herz hat sich ihm Gram gelegt –
Schrecklicher Gram, er steht noch lang,
Bis er sich faßt, sich regt, sein Gang
Ihn eilig aus der Zelle trägt.
Zwar hat er nie in seinem Leben
Das, was er hörte, preisgegeben,
Nur ist in seine bleichen Wangen
Nie mehr ein Lächeln eingegangen.

Za strážným opět temný stín
Zahalil dlouhé síně klín;
Hlubokou nocí kapky hlas
Svým pádem opět měřil čas.

A vězeň na kamený stůl
Složený – klečí – sedí půl.
Obličej jeho – strašný zjev –
Oko spočívá nehnuté,
Jak v nekonečenost napnuté,
Po tváři slzy – pot – a krev.
A ustavičně kapky hlas
Svým pádem dále měří čas.
A kapky – vod i větrů zpěv
Vězňovi blízký hlásá skon,
Jenž myšlenkami omdlívá. –
Z dálky se sova ozývá,
A nad ním půlnoc bije zvon.

Hinter dem Wächter wieder floß
Schatten der Kammer in den Schoß;
Und wieder maß die Trockenheit
Des Tropfenfalls die dunkle Zeit.

Der Häftling, auf den Tisch aus Stein
Gebreitet, sitzt halb – knickt halb ein.
Schrecklicher Anblick – und es ruht
Das Auge unbewegt, und weit
Starrt es nach der Unendlichkeit.
Überall Tränen – Schweiß – und Blut.
Pausenlos mißt die Trockenheit
Der Tropfen weiterhin die Zeit.
Des Winds, des Wassers Singen tut
Mit ihr des Häftlings Ende kund,
Hat um die Sinne ihn gebracht. –
Eulengeheul im Hintergrund,
Und über ihm schlägts Mitternacht.

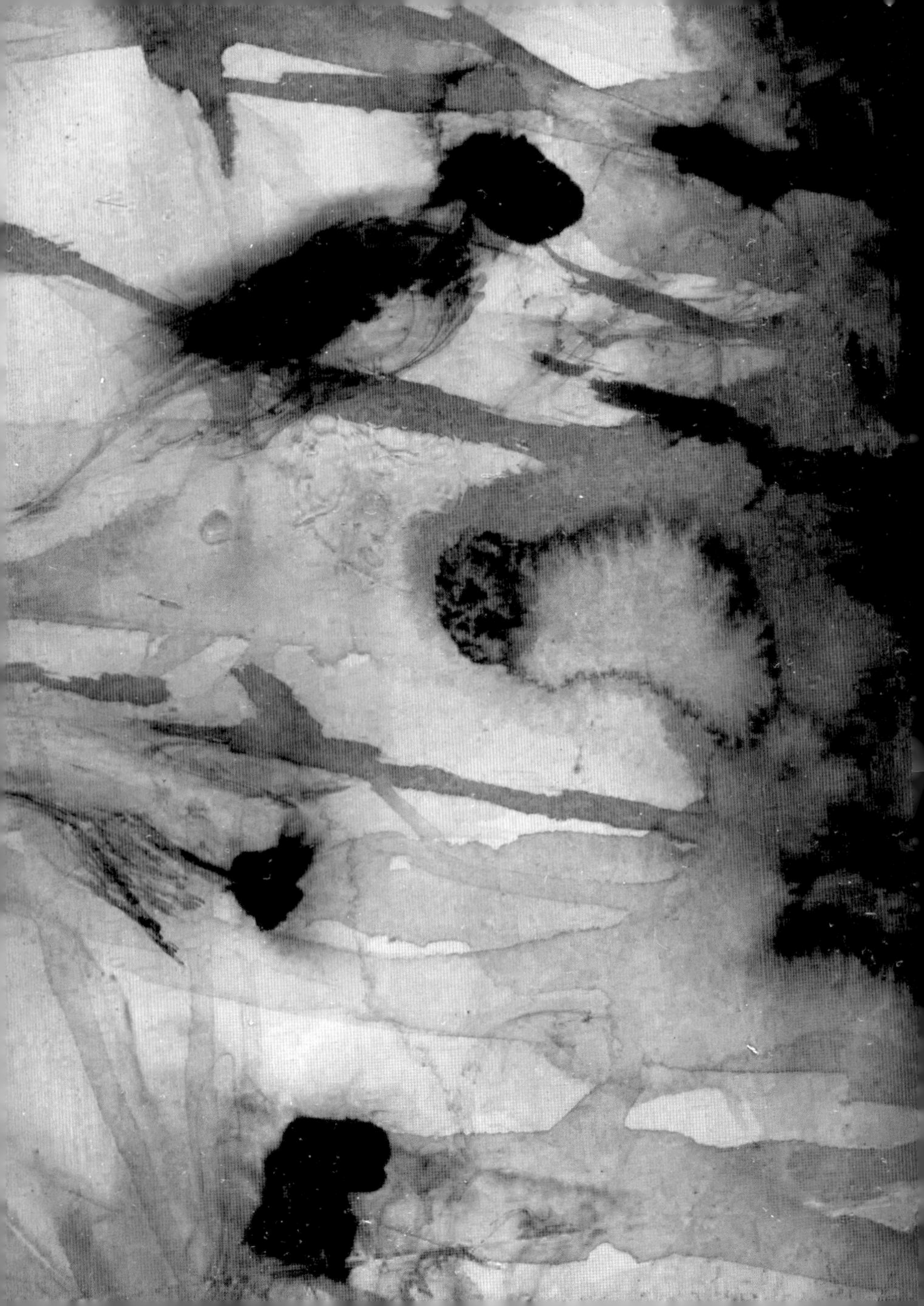

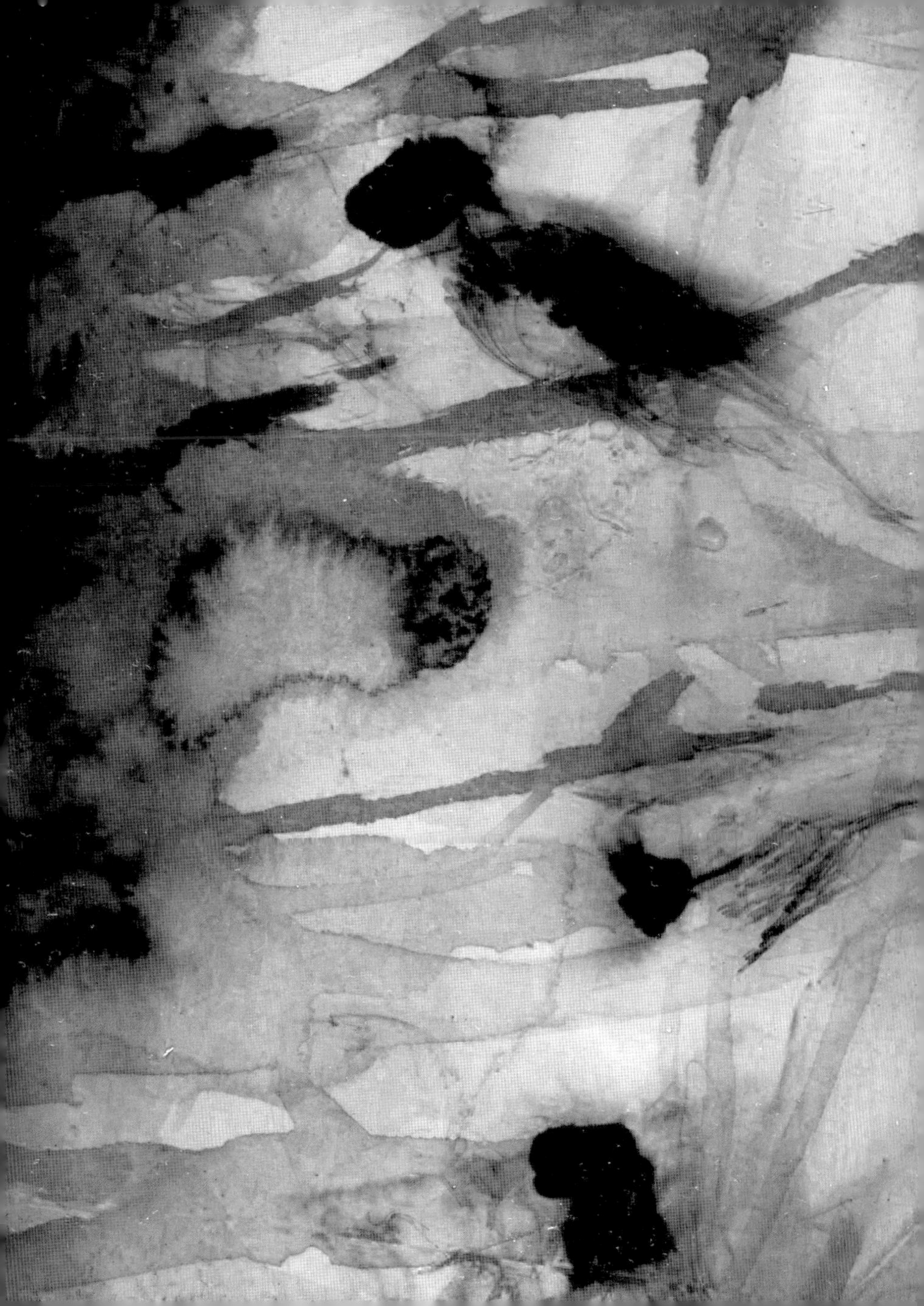

Intermezzo I. — Půlnoc.

(Krajina.)

V rozlehlých rovinách spí bledé lůny svit,
Kolem hor temno je, v jezeru hvězdný kmit,
Nad jezerem pahorek stojí.
Na něm se sloup, s tím kolo zdvíhá,
Nad tím se bílá lebka míhá,
Kol kola duchů dav se rojí;
Hrůzných to postav zbor se stíhá.

Zbor duchů.
»V půlnočních ticho je dobách;
»Světýlka bloudí po hrobách,
»A jejich modrá mrtvá zář
»Svítí v dnes pohřbeného tvář,
»Jenž na stráži – co druzí spí –
»O vlastní křížek opřený
»Poslední z pohřbených zde dlí.
»V Zenithu stojí šedý mrak,
»A na něm měsíc složený
»V ztrhaný mrtvý strážce zrak,
»I v pootevřené huby
»Přeskřípené svítí zuby.«

Intermezzo I. — Mitternacht.

(Landschaft.)

In weiten Ebenen schläft bleich der Luna Glanz,
Finstere Berge, im See heller Sternentanz,
Wo am Gestad ein Hügel steht,
Aus dem ein Pfahl, ein Rad sich heben,
Dort scheint ein Schädel weiß zu schweben,
Den rings ein Geisterschwarm umweht,
Der schrecklich sich im Reigen dreht.

Geisterchor.
»Zu Mitternacht ist alles stumm;
»Lichter irren am Friedhof um,
»Es scheint ihr blaues totes Licht
»Dem heut Begrabnen ins Gesicht,
»Der Wache hält – da andre schlafen –
»Der an das eigne Kreuz sich lehnt,
»Als Letztbestatteter noch bleibt.
»Wo im Zenit sich Wolken trafen,
»Hat auch der Mond sich ausgedehnt,
»In die zerfetzten Blicke treibt
»Er Licht und in des Wächters Gähnen,
»Das leuchtet von zerknirschten Zähnen.«

Jeden hlas.
»Teď pravý čas! – připravte stán –
»Neb zítra strašný lesů pán
»Mezi nás bude uveden.«

Zbor duchů
(sundavaje lebku).
»Z mrtvého kraje vystup ven,
»Nabudiž život – přijmi hlas,
»Buď mezi námi – vítej nám.
»Dlouho jsi tady bydlil sám,
»Jiný tvé místo zajme zas.«

Lebka
(mezi nimi kolem se točíc).
»Jaké to oudů toužení,
»Chtí opět býti jedno jen.
»Jaké to strašné hemžení,
»Můj nový sen. – Můj nový sen! –«

Jeden hlas.
»Připraven jestiť jeho stán.
»Až zítra půlnoc nastane,
»Vichr nás opět přivane.
»Pak mu buď slavný pohřeb dán.«

Eine Stimme.
»Rechte Zeit! – bereitet den Pfahl –
»Denn morgen wird der dunkle Held
»Der Wälder zu uns herbestellt.«

Geisterchor
(den Schädel abnehmend).
»Komm aus den toten Ländern fahl
»Hervor, laß Stimme, Leben nahn,
»Du sollst bei uns willkommen sein,
»Lang schon wohntest du hier allein,
»Bald fängt statt dir ein Neuer an.«

Schädel
(sich im Kreis unter ihnen drehend).
»Daß Glied und Glied einander finden
»Und eins sind dann. Ein Purzelbaum
»Und schreckliches sich Winden,
»Mein neuer Traum. – Mein neuer Traum!« –

Eine Stimme.
»Laßt uns den Pfahl, den Sitz bereiten.
»Wenn morgen Mitternacht es schlägt,
»Werden, vom Wind hierhergefegt,
»Wir im Begräbnisumzug schreiten.«

Zbor duchů.
»Připraven jestiť jeho stán.
»Až zítra půlnoc nastane,
»Vichr nás opět přivane.
»Pak mu buď slavný pohřeb dán.«

Jeden hlas.
»Rozlehlým polem leť můj hlas;
»Pohřeb v půlnoční bude čas!
»Co k pohřbu dá, každý mi zjev!«

Čekan s kolem.
»Mrtvému rakví budu já.«

Žáby z bažiny.
»My odbudem pohřební zpěv.«

Vichr po jezeru.
»Pohřební hudbu vichr má.«

Měsíc v Zenithu.
»Já bílý příkrov k tomu dám.«

Mlha po horách.
»Já truchlorouškу obstarám.«

Noc.
»Já černá roucha doručím.«

Geisterchor.
»Laßt uns den Pfahl, den Sitz bereiten.
»Wenn morgen Mitternacht es schlägt,
»Werden, vom Wind hierhergefegt,
»Wir im Begräbnisumzug schreiten.«

Eine Stimme.
»Mein Ruf soll durch die Felder klingen:
»Die Feier steigt zu Mitternacht!
»Sagt mir, was wird ein jeder bringen?«

Der Stock mit dem Rad.
»Des Toten Sarg sein werde ich.«

Frösche aus dem Sumpf.
»Zum Grabgesang sind wir gemacht.«

Wind auf dem See.
»Und für den Trauermarsch nehmt mich.«

Mond im Zenit.
»Ich web den weißen Baldachin.«

Nebel auf dem Gebirge.
»Ich bring die Trauerschleier hin.«

Nacht.
»Schwarzes Gewand werd ich besorgen.«

Hory v kolo krajiny.
»Roucha i roušky dejte nám.«

Padající rosa.
»A já vám slzy zapujčím.«

Suchopar.
»Pak já rozduji vonný dým.«

Zapadající mračno.
»Já rakev deštěm pokropím.«

Padající květ.
»Já k tomu věnce uviji.«

Lehké větry.
»My na rakev je donesem.«

Svatojánské mušky.
»My drobné svíce ponesem.«

Bouře z hluboka.
»Já zvonů dutý zbudím hlas.«

Krtek pod zemí.
»Já zatím hrob mu vyryji.«

Berge um die Landschaft.
»Und wir verhüllen uns darin.«

Fallender Tau.
»Ich werde euch die Tränen borgen.«

Trockene Heide.
»Ich werd den Weihrauchduft erwecken.«

Untergehendes Gewölk.
»Mein Regen wird den Sarg bedecken.«

Fallende Blüte.
»Ich werd dazu die Kränze winden.«

Leichte Winde.
»Wir werden an den Sarg sie binden.«

Johanniswürmchen.
»Wir werden feine Kerzen bringen.«

Sturm aus den Tiefen.
»Durch mich wird hohl die Glocke klingen.«

Maulwurf unter der Erde.
»Ich heb das Grab inzwischen aus.«

Čas.
»Náhrobkem já ho přikryji.«

Přes měsíc letící
hejno nočního ptactva.
»My na pohřební přijdem kvas.«

Jeden hlas.
»Slavný mu pohřeb připraven.
»Ubledlý měsíc umírá,
»Jitřena brány otvírá,
»Již je den! již je den!«

Zbor duchů.
»Již je den; již je den!«

(zmizí.)

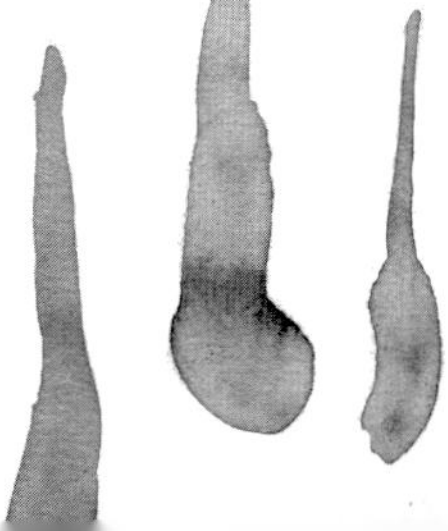

Zeit.
»Den Grabstein schließlich lege ich.«

Vor dem Mond fliegender
Schwarm nächtlicher Vögel.
»Wir kommen dann zum Leichenschmaus.«

Eine Stimme.
»Das Begräbnis ist angesagt.
»Das sterbende Mondlicht verblich,
»Auroras Tore öffnen sich,
»Und es tagt! und es tagt!«

Geisterchor.
»Und es tagt; und es tagt!«

(verschwindet.)

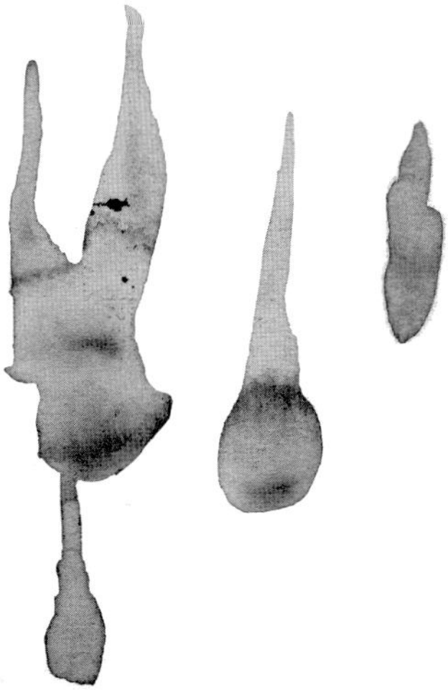

3.

Nad temné hory růžný den
Vyvstav májový budí dol,
Nad lesy ještě kol a kol –
Lehká co mlha bloudí sen.
Modravé páry z lesů temných
V růžové nebe vstoupají,
I nad jezerem barev jemných
Modré se mlhy houpají;
A v břehu jeho – v stínu hory –
I šírým dolem – dál a dál –
Za lesy – všude bílé dvory
Se skvějí; až – co mocný král,
Ohromný jako noci stín
V růžový strmě nebes klín –
Nejzáz vrchů nejvyšší stál.

Ledva že však nad modré temno hor
Brunatné slunce rudě zasvitnulo,
Tu náhle ze sna všecko procitnulo,
A vesel plesá vešken živý tvor.
V jezeru zeleném bílý je ptáků zbor,
A lehkých člůnků běh i rychlé veslování
Modravé stíny vln v rudé pruhy rozhání.
Na břehu jezera borový šumí háj,
Z něj drozdů slavný žalm i jiných ptáků zpěv
Mísí se u hlasy dolem bloudících děv;
Veškeren živý tvor mladistvý slaví máj.

3.

Wo aufs Gebirg der Tag sich kaum
Erhob, des Maies Täler weckt –
Wie leichter Nebel sich erstreckt,
Irrt überm Wald im Kreis ein Traum.
Des Walds bläuliche Dünste warten
Noch, in das Rosenlicht zu dringen,
Als auf dem See in lieblich zarten
Farben schon Nebelsträhnen schwingen;
Am Ufer – in der Dunkelheit
Des Bergs – im Tal auch – weiter, weit –
Schwebt hinterm Wald – der Höfe Flimmern;
Bis dann – wie eines Königs Macht,
Der groß wie Schatten tiefer Nacht
Ragt in des Rosenhimmels Schimmern –
Fern, fern der höchste Berg erwacht.

Sobald auch auf den finstern blauen Hängen
Die Purpursonne dunkelrot erstrahlte,
Erwachte alles aus dem Traum, es schallte
Alles Leben vor fröhlichen Gesängen.
Vögel, die weiß das grüne Gewässer umdrängen,
Der leichten Boote Lauf und schnelles Ruderschlagen
Haben auf dunkle Wellen roten Glanz getragen,
Und der Föhrenhain am Gestade rauscht und schwingt,
Der Drossel Psalm und andrer Vogelsang erklingt
Und mengt den Stimmen der Mädchen im Tal sich bei;
Alles Belebte bejubelt den jungen Mai.

A větru raního – co zpěvu – líbé vání
Tam v dolu zeleném roznáší bílý květ,
Tam řídí nad lesy divokých husí let,
Tam zase po horách mladistvé stromky sklání. –
Leč výjev jediný tu krásu jitra zkalí.
Kde v šíré jezero uzounký ostrov sahá,
Z nějž města malého i bílé věže stín
Hlubokoť stopený v zelený vody klín,
Náramný křik a hřmot mladým se jitrem zmahá,
A valný zástup se z bran mala města valí.
Zdaleka spěchá lid – vzdy větší zástup ten –
Vzdy větší – větší jest – vzdy roste tento pluk;
Nesmírné množství již. – Vzdy větší jeho hluk.
Nešťastný zločinec má býti vyveden.

Teď z mala města bran vojenský pluk vychází,
Povolným krokem on zločince doprovází,
Jenž v středu jeho jde jak jindy ozdoben.
Utichl množství hluk – leč znovu počne zas,
A mnohý v hluku tom vynikne silný hlas:
»To on, to on! Ty péra, kvítí,
»Klobouk, oko, jenž pod ním svítí!
»Ten jeho plášť, to on, to on! To strašnýť lesů pán!«
Tak lidem ode všech voláno bylo strán;
A větší vzdy byl hluk – zbouřených jako vod –
Čím blíže zločince zdlouhavý vedl chod.

Es weht der Morgenwind liebliche, sanfte Lieder;
Dort durch die grünen Täler trägt er weiße Blüten,
Dort überm Wald ist er, den Gänseflug zu hüten,
Dort im Gebirge biegt er junge Bäumchen nieder. –
Eins aber trübt bald des Morgens Begeisterungen.
Da ragt ein schmales Eiland in den See hinein,
Darauf liegt eine kleine Stadt mit einem hellen
Turm, dessen Schatten tief versinkt im Schoß der Wellen,
Von wo Gebrüll jetzt durch den Morgen rollt und Schrein;
Und aus den Toren ist ein breiter Zug gedrungen.
Größer und größer wird der Zug – von fernher schwoll
Er an, und von überall eilt das Volk herbei,
Unfaßbar viel – da der Mörder erscheinen soll,
Unglücklich, steigert sich weiter des Zugs Geschrei.

Und als Soldaten aus des Städtchens Toren schreiten,
Langsamen Schritts den Verbrecher herausgeleiten,
Der so gekleidet geht, als wäre er noch frei,
Verstummt der Menge Lärm – beginnt doch wieder bald.
Nicht eine Stimme ist es nur, die aus der Menge schallt:
»Er ists, er ists! Die Federn, Blüten,
»Der Hut. Des Auges Gluten wüten!
»Und dieses Kleid, er ists, er ists! Der Wälder dunkler Held!«
Das ist das Rufen, das von allen Seiten fällt.
Größer der Lärm noch – Gewässer im Ungewitter –
Man führte ihn heran, sein Gang war lang und bitter.

Kolem něj zástup jde – co nebem černý mrak,
Z něho – co blesku svit – v slunci se leskne zbraň.
Volně jde nešťastný – upřený v zemi zrak.
Z městečka zvonku hlas. Množství se modlí zaň.

Na břehu jezera malý pahorek stojí,
Na něm se dlouhý kůl, na kůlu kolo zdvíhá.
Blíž strmí kolmý vrch, na vrchu vrchol dvojí,
Na vyšším vrcholi bílá se kaple míhá.
U volném průvodu ku kapli přišel zbor;
Všickni teď ustoupí – zločinec stojí sám.
Posledněť vyveden v přírody slavný chrám,
By ještě popatřil do lůna temných hor,
Kde druhdy veselý dětinství trávil věk;
By ještě jedenkrát v růžový nebe klín
Na horu vyveden, před bílé kaple stín,
Nebe i světů všech pánovi svůj vzdal vděk.
Umlknul veškeren hluk, nehnutý stojí lid,
A srdce každého zajímá vážný cit.
V soucitu s nešťastným v hlubokém smutku plál
Slzící lidu zrak obrácen v hory výš,
Kde nyní zločinec, v přírody patře říš,
Před Bohem pokořen v modlitbě tiché stál.

Finsterer Zug – wie dunkles Gewölk sich verdichtet. –
Blitzt es? – Ein Sonnenstrahl, der auf die Waffe schien!
Langsam geht er – zu Boden ist sein Blick gerichtet.
Glöckchen erklingen. Es betet der Zug für ihn.

Wo am Gestad des Sees ein kleiner Hügel steht,
Aus dem ein hoher Pfahl, ein breites Rad sich heben,
Wo steil ein Gipfel in den andern übergeht,
Glänzt die Kapelle weiß, als würde leicht sie schweben.
Der Zug hat langsam die Kapelle jetzt erreicht;
Und alles tritt zurück – der Mörder steht allein,
Noch einmal im höchsten Dom der Natur zu sein,
Einmal noch läßt zum Gebirg er die Blicke streichen,
Wo er einst lebte, fröhlich in der Kinderzeit;
Einmal noch führte man ihn nach der zarten Helle
Des Himmels, in den Schatten der weißen Kapelle.
Er zeigt dem Herrn der Welten seine Dankbarkeit,
Und da verstummt der Lärm, das Volk steht unbewegt,
Da jedem ins Gefühl, ins Herz der Ernst sich legt.
Es brannte allen Volkes Blick, zum Berg gewandt,
Vor Mitleid, tiefster Trauer, hat Tränen geweint,
Als der Verbrecher nun, aller Natur vereint,
Vor Gott in Demut lautlos in Gebeten stand.

Vyšlého slunce rudá zář
Zločince bledou barví tvář,
A slzy s oka stírá,
Jenž smutně v dálku zírá.
Hluboko pod ním krásný dol,
Temné jej hory broubí kol,
Lesů věnec objímá.
Jasné jezero dřímá
U středu květoucího dolu.
Nejblíž se modro k břehu vine,
Dále zeleně zakvítá,
Vzdy zeleněji prosvítá,
Až posléz v bledé jasno splyne.
Bílé dvory u velkém kolu
Sem tam jezera broubí břeh.
V jezeru bílých ptáků zbor,
A malých člůnků rychlý běh,
Až kde jezero v temno hor
V modré se dálce níží.
Loďky i bílé v břehu dvory –
Věž – město – bílých ptáků rod –
Pahorky v kolo – temné hory –
Vše stopeno ve lůno vod,
Jak v zrcadle se zhlíží.

Der Morgensonne rotes Licht
Verfärbt ihm das bleiche Gesicht,
Wischt aus den Augen Tränen.
Und traurig sehn und sehnen
Sie nach dem Tal sich, das so schön,
Fern, tief dort liegt, von dunklen Höhn
Umsäumt, vom Wald umschlungen.
Es schläft der See geschwungen
Mitten im Tal, das blüht, ganz weiß.
Wie sich das Blau ans Ufer schmiegt –
Um weiter grün dann aufzublühn,
Und immer heller wird das Grün,
Bis es als bleicher Schein verfliegt.
Und Höfe stehn im weiten Kreis,
Das Ufer dann und wann zu säumen.
Im See der weißen Vögel Chor,
Der schnellen Boote helles Schäumen,
Bis nach den dunklen Bergen vor
Der weite See sich neigt.
Weiße Höfe, der Boote Wipfel –
Turm – Stadt – der weißen Vögel Funken –
Die Hügelkette – dunkle Gipfel –
Das alles ist im See versunken,
Als Spiegelbild gezeigt.

Tam v modré dálce skály lom
Květoucí břeh jezera tíží,
Na skále rozlehlý je strom –
Starý to dub – tam – onen čas,
Kde k lásce zval hrdliččin hlas,
Nikdy se nepřiblíží. –
Nejblíže pahorek se zdvíhá,
Na něm se kůl a kolo míhá.
Po hoře – na níž stojí – háj
Mladistvý hučí – smutný stesk –
Nad šírým dolem slunce lesk,
A raní rosa – jitřní máj.

Es liegt ein Steinbruch fern und breit
Auf dem Gestad, das blüht, machts schwer,
Am Felsen dehnt ein Baum sich weit –
Alte Eiche – dort – jene Zeit –
Das Täubchen rief zur Lieb herbei –
Die Zeit gibt es nicht mehr. –
Den Hügel sieht er nah sich heben,
Den Pfahl, das Rad darüber schweben.
Am Berg – auf dem er steht – rauscht frei
Und jung der Hain – ist Sehnsucht ganz –
Im weiten Tal der Sonne Glanz,
Und Tau im Tal – der Morgenmai.

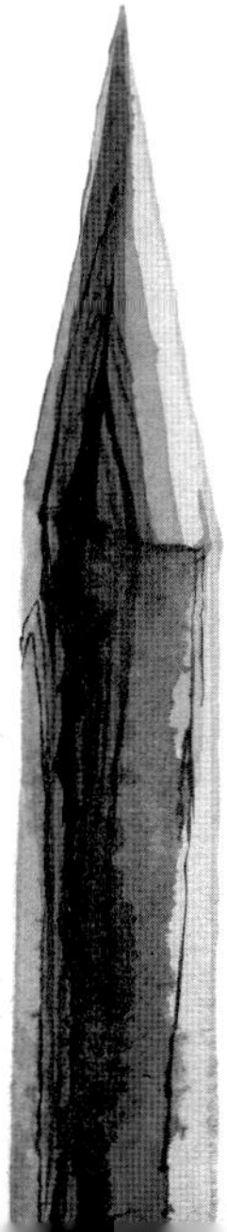

To vše zločinec ještě jednou zřel,
To vše, jež nyní opustiti měl,
A hluboký srdce mu žel uchvátí;
Hluboce vzdechne – slza slzu stíhá –
Ještě jednou – posledně – vše probíhá,
Pak slzavý v nebe svůj zrak obrátí.
Po modrém blankytu bělavé páry hynou,
Lehounký větřík s nimi hraje;
A vysoko – v daleké kraje
Bílé obláčky dálným nebem plynou,
A smutný vězeň takto mluví k ním:
»Vy, jenž dalekosáhlým během svým,
»Co ramenem tajemným zemi objímáte,
»Vy hvězdy rozplynulé, stíny modra nebe,
»Vy truchlenci, jenž rozsmutnivše sebe,
»V tiché se slzy celí rozplýváte,
»Vás já jsem posly volil mezi všemi.
»Kudy plynete u dlouhém dálném běhu,
»I tam, kde svého naleznete břehu,
»Tam na své pouti pozdravujte zemi.
»Ach zemi krásnou, zemi milovanou,
»Kolébku mou i hrob můj, matku mou,
»Vlasť jedinou i v dědictví mi danou,
»Šírou tu zemi, zemi jedinou! –
»A až běh váš onu skálu uhlídá,
»Kde v břehu jezera – tam dívku uplakanou – «

Noch einmal sah er alles, wiederholte
Für sich, was er schon bald verlassen sollte,
Daß ihm das Herz vor tiefem Leid erbebt;
Er seufzt tief – Tränen folgen Tränen nieder –
Noch einmal – und zuletzt – kommt alles wieder,
Als nach dem Himmel er die Blicke hebt.
Er sieht die fahlen Dünste im Azur vergehen,
Den leichten Hauch mit ihnen spielen;
Und oben hoch – nach fernen Zielen
Die weißen Wolken durch den Himmel wehen,
Und traurig spricht der Häftling sie nun an:
»Die ihr auf eurer weit gespannten Bahn
»Die Erde mit geheimnisvollem Arm umfaßt,
»Zerflossene Sterne, Schatten des Himmelblaus,
»Hinterbliebne, euch selbst gilt eure Trauer,
»Wenn ihr zerrinnt zu einem Tränenschauer,
»Ich wählte euch als meine Boten aus.
»Wo ihr auf eurer Bahn euch treiben laßt,
»Auch dort, wo Ufer stehn auf euren Wegen,
»Dort bringt der Erde meinen Gruß entgegen.
»Ach schöne Erde, liebe Erde, mein
»Grab, meine Wiege, meine Mutter, meine
»Heimat, sie nur sollte mein Erbe sein,
»Weite Erde, nur sie, sonst gibt es keine! –
»Wenn euer Lauf einst jenen Felsen sieht –
»Wo am Gestade dort – und dort ein Mädchen weinen – «

Umlkl již, slza s slzou se střídá.
Teď s výše hory s vězněm kráčí pluk
Širokou stezkou v středu mlada borku,
Doleji – dole – již jsou na pahorku –
A znovu ztichl šíra množství hluk.
Přichystán již popravce s mečem stojí,
Jedenkrát ještě vězeň zdvihl zrak,
Pohledl vůkolím – povzdechl – pak
Spustiv jej zas – k blízké se smrti strojí.
Obnažil vězeň krk, obnažil ňádra bílé,
Poklekl k zemi, kat odstoupí, strašná chvíle –
Pak blyskne meč, kat rychlý stoupne krok,
V kolo tne meč, zločinci blyskne v týle,
Upadla hlava – skok i – ještě jeden skok –
I tělo ostatní ku zemi teď se skloní.
Ach v zemi krásnou, zemi milovanou,
V kolébku svou i hrob svůj, matku svou,
V vlasť jedinou i v dědictví mu danou,
V šírou tu zemi, zemi jedinou,
V matku svou, v matku svou, krev syna teče po ní.

Po oudu lámán oud, až celé vězně tělo
U kolo vpleteno nad kůlem v kole pnělo,
I hlava nad kolem svůj obdržela stán;
Tak skončil života dny strašný lesů pán;
Na mrtvé tváři mu poslední dřímá sen.
Na něj se dívajíc – po celý dlouhý den
Nesmírné množství v kol mala pahorku stálo;

Er schweigt jetzt. Träne, die die Träne flieht.
Es steigt der Zug mit ihm den Hang jetzt nieder
Auf breitem Pfad, vorbei an Föhrenhainen,
Tiefer – und unten findet er sich wieder
Am Hügel, als wieder der Lärm verklingt.
Dort steht der Henker mit dem Schwert bereit.
Noch einmal sieht der Häftling auf, erfüllt
Vom Land, das ihn umgibt – er seufzt – es sinkt
Sein Blick – jetzt ist der Tod ihm nicht mehr weit.
Der Häftling hat den Hals, die weiße Brust enthüllt,
Er kniet, der Henker tritt zurück, ein Augenblick –
Dann blitzt das Schwert, des Henkers Schritt, der Schwung
Des Schwerts, es blitzt dem Mörder im Genick,
Es fiel der Kopf – ein Sprung und wieder – noch ein Sprung –
Jetzt fällt der Rest, der Leib zur Erde auch und ruht.
Ach schöne Erde, liebe Erde, sein
Grab, seine Wiege, seine Mutter, seine
Heimat, sie nur sollte sein Erbe sein,
Weite Erde, nur sie, sonst gibt es keine,
Mutter, Mutter, über dich rinnt des Sohnes Blut.

Glied auf Glied, Knochen auf Knochen des Häftlings bricht,
Da in das Rad am Pfahl man seinen Körper flicht,
Wo auch der Kopf darüber seinen Platz erhält;
So endete also der Wälder dunkler Held;
Ihm schläft im toten Gesicht noch ein letzter Traum.
Den schauend – steht den ganzen Tag als dunkler Saum
Die gewaltige Menge um den Pfahl, ums Rad;

Teprv až k západu schýlivši slunce běh
Veselo v mrtvý zrak sťaté hlavy se smálo,
Utichl jezera širý – večerní břeh.

Nad dálkou temných hor poslední požár plál;
V hluboké ticho to měsíce vzešla zář,
Stříbřící hlavy té ubledlou mrtvou tvář
I tichý pahorek, jenž v břehu vody stál.
Města jsou vzdálená co bílý v modru mrak,
Přes ně v kraj daleký nesl se mrtvý zrak,
V kraj, kde co dítě on – O krásný – krásný věk!
Daleko zanesl věk onen časů vztek,
Dalekoť jeho sen, umrlý jako stín,
Obraz co bílých měst u vody stopen klín,
Takť jako zemřelých myšlenka poslední,
Tak jako jméno jich, pradávných bojů hluk,
Dávná severní zář, vyhaslé světlo s ní,
Zbortěné harfy tón, ztrhané strůny zvuk,
Zašlého věku děj, umřelé hvězdy svit,
Zašlé bludice pouť, mrtvé milenky cit,
Zapomenutý hrob, věčnosti skleslý byt,
Vyhasla ohně kouř, slitého zvonu hlas,
To jestiť zemřelých krásný dětinský čas.

Je pozdní večer – druhý máj –
Večerní máj – je lásky čas,
Hrdliččin zve ku lásce hlas:
»Viléme! Viléme!! Viléme!!!«

Erst als die Bahn die Sonne nach dem Westen brachte,
Ihr Licht dem abgetrennten Kopf ins Auge lachte,
Erschwieg das weite – abendliche Seegestad.

Als fern das letzte Feuer auf den Bergen brannte,
Stieg in die tiefe Stille weiß des Mondes Licht,
Das silbern das tote, verblichene Gesicht,
Den Hügel am Gestade auch, mit Glanz umspannte.
Städte, weite weiße Wolken im Schoß des Blaus,
Der tote Blick erhob sich über sie hinaus
Nach fernen Orten, wo als Kind – Oh schöne – schöne Zeit!
Es zerrte sie ihm fort der Jahre Grausamkeit.
Wie ein Schatten erstirbt, weit ist auch jener Traum,
Bild einer weißen Stadt tief unterm Wogenschaum,
Wie der Verstorbenen letzter Gedanke bricht
So ihre Namen auch, uralter Schlachten Wut,
Ferner nördlicher Schein, sein verloschenes Licht,
Berstender Harfe Ton, reißender Saite Sang,
Zeit vergangener Welt, toter Gestirne Flut,
Letzte Kometenbahn, toter Geliebten Glut,
Längst vergessenes Grab, Ende der Ewigkeit,
Kältesten Feuers Rauch, schmelzender Glocke Klang,
Das der Verstorbenen herrliche Kinderzeit.

Es ist spät Abend – zweiter Mai –
Abends der Mai ist Liebeszeit.
Das Täubchen ruft zur Lieb herbei:
»Wilhelm! Wilhelm!! Wilhelm!!!«

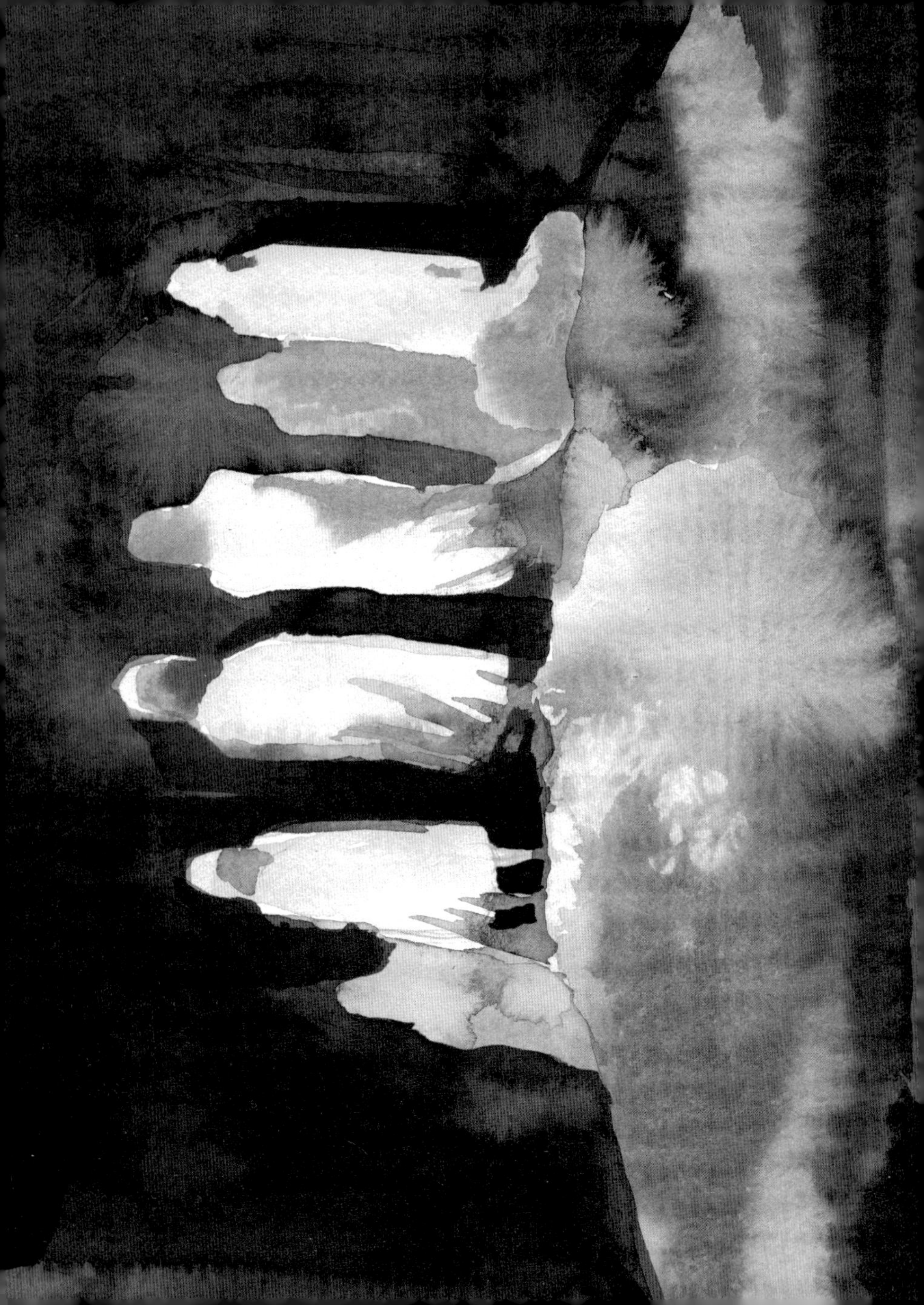

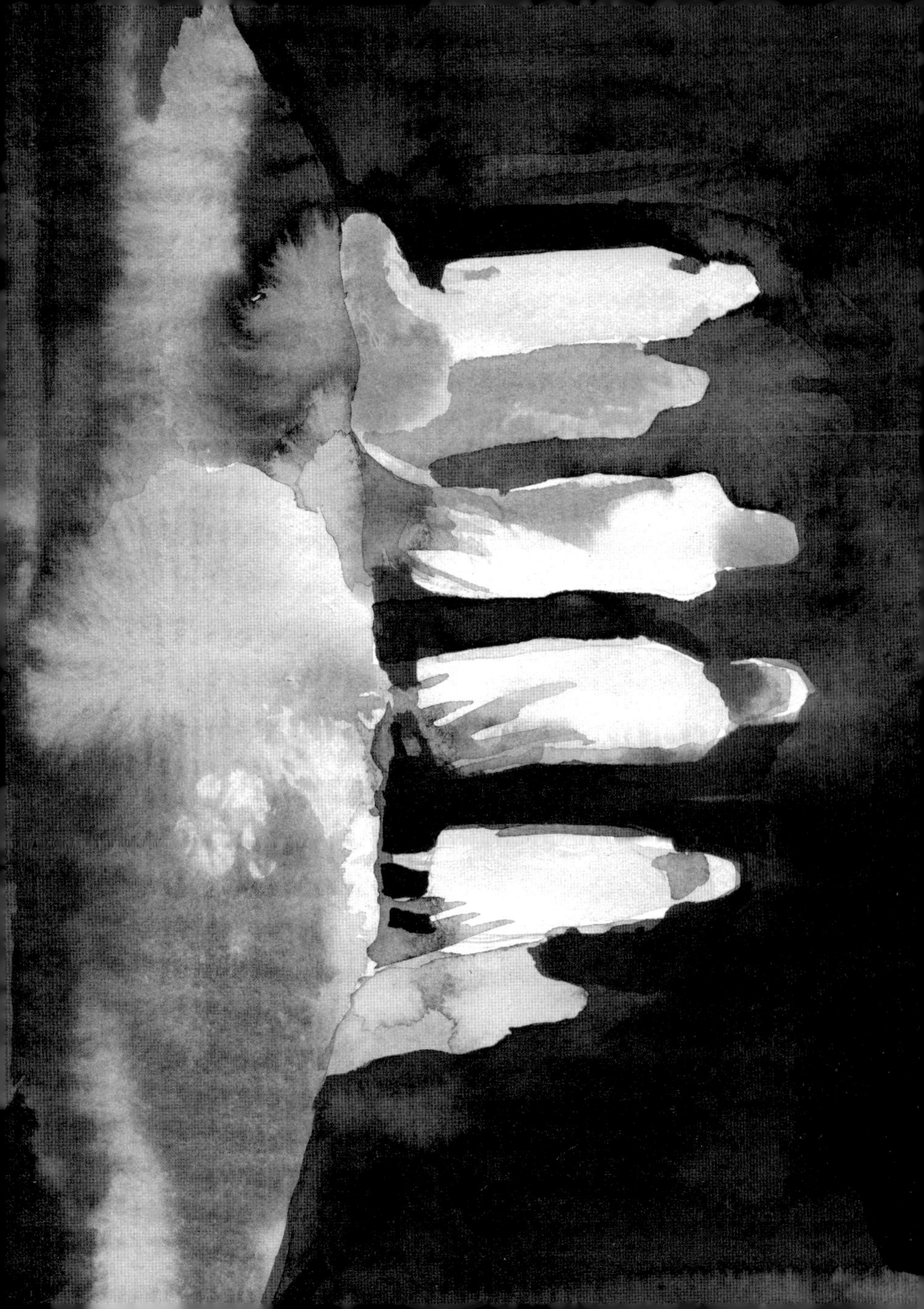

Intermezzo II.

Stojí hory proti sobě,
Z jedné k druhé mrak přepnutý
Je, co temný strop klenutý,
Jednu k druhé pevně víže.
Ouvalem tím v pozdní době
Ticho, temno jako v hrobě.
Za horami, kde pod mrakem
Ve vzdálí se rozstupují –
V temné dálce, něco níže
Kolmé skály k sobě blíže
Než hory se sestupují,
Tak že sinným pod oblakem
Skály ouzkou bránu tvoří.
Za tou v dálce pode mrakem
Temnorudý požár hoří,
Dlouhý pruh v plamené záři
Západní rozvinut stranou,
Po jehožto rudé tváři
Noční ptactvo kola vedší,
Jakoby plamenou branou
Nyní v dálku zalétalo.
Hasnul požár – bledší – bledší,
Až se široširé nebe
Noční rosou rozplakalo,
Rozsmutnivši zem i sebe.

Intermezzo II.

Berge stehn sich gegenüber,
Grau wie ein Gewölbe windet,
Spannt Gewölk sich dort noch trüber,
Das die Gipfel fest verbindet.
Wo sich dieser Grund befindet,
Herrschen Dunkelheit und Schweigen.
Wo die Berge in der weiten
Ferne auseinanderstreben –
Felsen, die von beiden Seiten
Näher zueinandersteigen
Als die Berggipfel sich neigen,
Daß sie sich zu einem engen
Steintor im Gewölk erheben.
Fern dahinter auf den Hängen
Brannte dunkelrotes Feuer,
Dessen Streifen ungeheuer
Gegen Westen sich erstreckte,
Den in seinen weiten Kreisen
Schwarz ein Vogelschwarm bedeckte,
Sich im Flammentor vereinte,
Nach der Ferne zu verreisen.
Und das Feuer – grauer – grauer –
Losch zu Nacht, es fiel ein Schauer
Tau, der schwarze Himmel weinte.
Himmel, Erde band die Trauer.

V hlubokém ouvalu klínu,
Ve stověkých dubů stínu,
Zbor u velkém kole sedí.
Zahalení v pláště bílé,
Jsou to druzi noční chvíle.
Každý před se v zemi hledí
Beze slova, bez pohnutí,
Jakby kvapnou hrůzou jmutí
V sochy byli proměnění.
Večerních co krajin pění,
Tichý šepot – tiché lkání –
Nepohnutým kolem plynul,
Tichý šepot bez přestání:
»Vůdce zhynul! – vůdce zhynul!« –

V kotouči jak vítr skučí,
Nepohnutým kolem zvučí:
»Vůdce zhynul! vůdce zhynul!« –

Jako listů šepotání
Pode skálou při ozvěně,
Znělo kolem bez přestání,
Jednozvučně, neproměně:
»Vůdce zhynul! – vůdce zhynul!« –
Zachvěly se lesy dalné,
Ozvaly se nářky valné:
»Pán náš zhynul! – zhynul!! – zhynul!!!« –

Wo zum Grund die Felsen reichen
Zwischen ewig alten Eichen,
Sitzen Männer in der Runde.
Lange Mäntel, weiß, bedecken
Sie, die Brüder dunkler Stunde,
Die jetzt starr zu Boden sehen,
Weder Worte noch Bewegung,
Ganz versteinert durch den Schrecken,
Wie Skulpturen ohne Regung.
Wie des Lands Gesänge wehen,
Leises Flüstern – leise Klagen –
Die den starren Kreis durchklangen,
Stille Worte, die nur sagen:
»Held gegangen! – Held gegangen!« –

Wie im Rad die Winde singen,
Hört im starren Kreis man klingen:
»Held gegangen! – Held gegangen!« –

Wie die Blätter flüstern, gehen
Echos über Felsenwände,
Worte, die den Kreis durchwehen,
Einstimmig und ohne Ende:
»Held gegangen! – Held gegangen!« –
Wie die Klagen sich erheben,
Hört den weiten Wald man beben:
»Unser Herr ist fort! – Gegangen!!!«

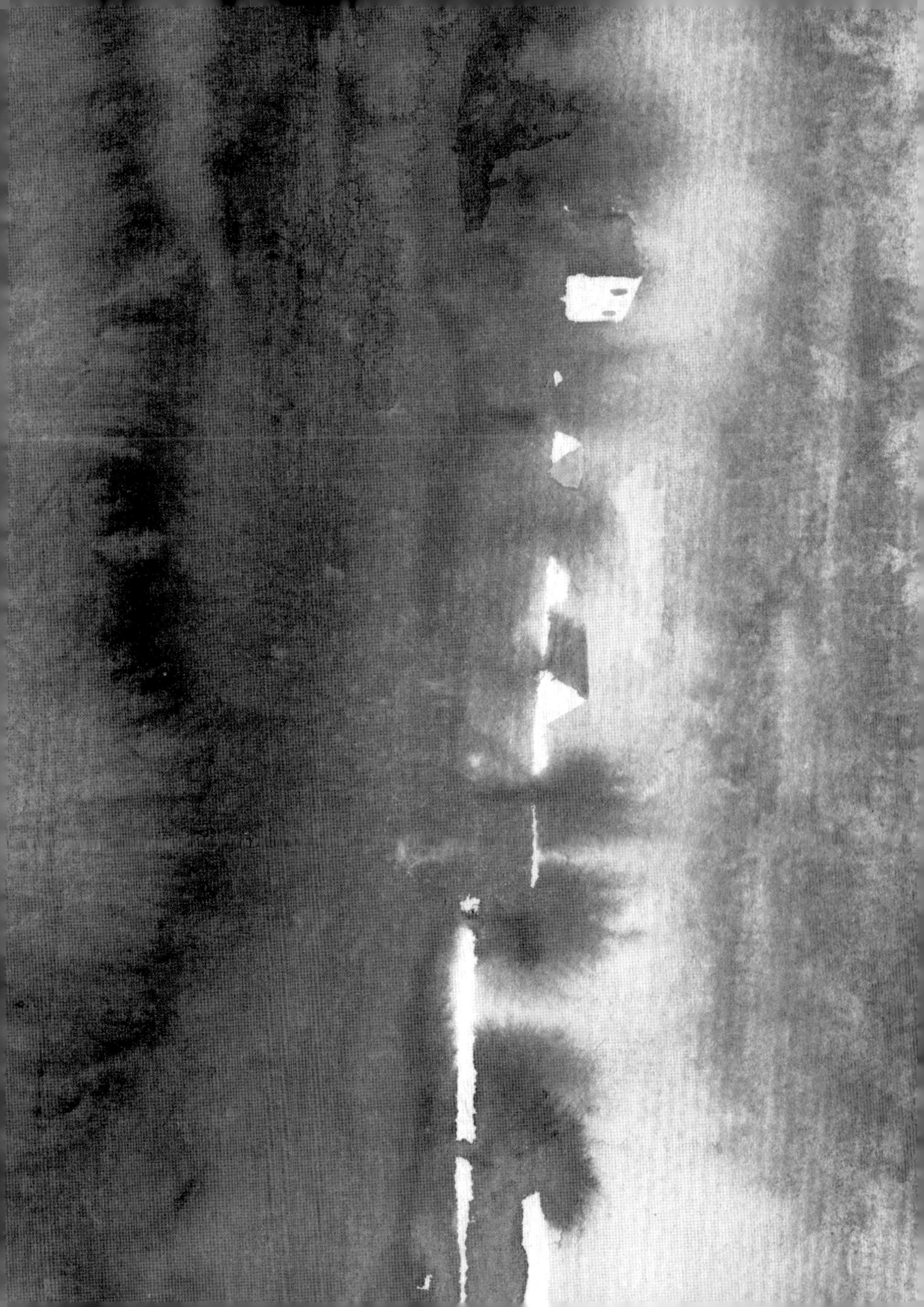

4.

Krásný máj uplynul, pohynul jarní květ,
A léto vzplanulo; – pak letní přešel čas,
Podzim i zima též – i jaro vzešlo zas;
Až mnohá léta již přenesl časů let.

Byl asi sedmý rok, poslední v roce den;
Hluboká na něj noc. – S půlnocí nový rok
Právě se počínal. V vůkolí pevný sen,
Jen blíže jezera slyšeti koně krok.
Mého to koně krok. – K městu jsem nocí jel;
A přišed k pahorku, na němž byl tichý stán
Dávno již obdržel přestrašný lesů pán,
Poprvé Viléma bledou jsem lebku zřel.
Půlnoční krajinou, kam oko jen dosáhlo,
Po dole, po horách, lesy, jezerem, polem,
Co příkrov daleký sněhu se bělmo táhlo,
Co příkrov rozstřený – nad lebkou i nad kolem.
V hlubokých mrákotách bledý se měsíc ploužil,
Časem zněl sovy pláč, ba větru smutné chvění,
A větrem na kole kostlivce rachocení,
Že strach i ňádra má i mého koně oužil.
A tam, kde města stín, v cvál poletěl jsem s koněm,
I po kostlivci jsem hned druhý den se tázal;
Starý mi hospodský ku pahorku ukázal,
A – již jsem dříve psal – smutnou dal zprávu o něm.

4.

Es ging der schöne Mai, die Blüte welkte nieder,
Sommer loderte auf; – Dann war der Sommer weit,
Herbst, dann der Winter auch – der Frühling kehrte wieder;
Die Jahre gingen fort, verflogen mit der Zeit.

Es war im siebten Jahr, des Jahres letzter Tag;
Tief war die Nacht darauf. – Und neu begann da mit
Der Mitternacht ein Jahr. Und in der Landschaft lag
Ein Traum, nur nah am See klang eines Pferdes Schritt.
Klang meines Pferdes Schritt. – Ich ritt bei Nacht zur Stadt;
Ich kam am Hügel an, wo einst sein Grab am Pfahl
Der Wälder dunkler Held und Herr erhalten hat.
Des Wilhelm Schädel, bleich, sah ich zum ersten Mal.
Wie durch die Nachtlandschaft das Auge sich auch streckte,
Über das Tal, die Gebirge, den See, die Wälder,
Zog sich des Schnees weißes Tuch, auch über die Felder,
Weites Tuch – das den Schädel und das Rad bedeckte.
So bleich ist der Mond in tiefer Ohnmacht gekrochen,
Die Eulen weinten, so traurig bebte, bedrängte
Der Wind das Skelett im Rad, das klirrte, gebrochen,
Daß Angst wie meine Brust auch die des Pferds beengte.
Im Galopp dorthin, wo die Stadt als Schatten ragte.
Als ich am nächsten Tag nach dem Skelett dann fragte,
Zeigte der alte Wirt, wo Pfahl und Rad sich heben,
Hat – wie ich es schrieb – traurige Kunde gegeben.

Pak opět žití běh v širý mě vedl svět,
Mnohý mě bouřný vír v hluboký smutek zchvátil;
Leč smutná zpráva ta vzdy vábila mě zpět,
Až s mladým jarem jsem ku pahorku se vrátil.
S západem slunce jsem tam na pahorku seděl,
Nade mnou kolo – kůl – kostlivec – lebka bledá;
Smutným jsem okem v dál krajiny jarní hleděl,
Až tam kde po horách mlha plynula šedá.

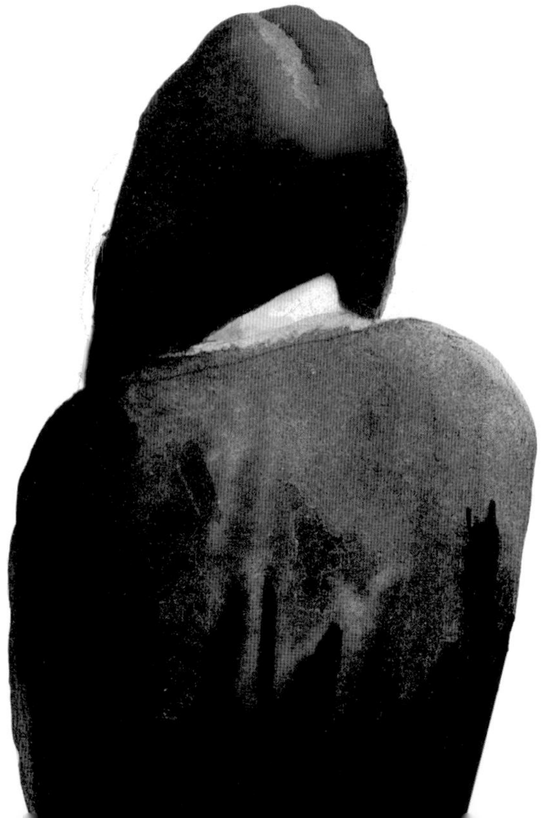

Die weite Welt hat dann mein Leben eingenommen,
Manch stürmischer Strudel zog mich in Trauer nieder;
Doch jene Kunde lockte mich, zurückzukommen,
Und mit dem jungen Frühling kehrte einst ich wieder,
Saß auf dem Hügel dort bei Sonnenuntergang,
Über mir das Rad – Pfahl – Skelett – der Schädel, blaß;
Ich sah die Frühlingslandschaft, Blick von Tränen naß,
Bis dorthin, wo der Dunst über die Berge drang.

Byl opět večer – první máj –
Večerní máj – byl lásky čas;
Hrdliččin zval ku lásce hlas,
Kde borový zaváněl háj.
O lásce šeptal tichý mech,
Květoucí strom lhal lásky žel,
Svou lásku slavík růži pěl,
Růžinu jevil vonný vzdech.
Jezero hladké v křovích stinných
Zvučelo temně tajný bol,
Břeh je objímal kol a kol,
Co sestru brat ve hrách dětinných.
A kolem lebky pozdní zář
Se vložila, co věnec z růží;
Kostlivou, bílou barví tvář
I s pod bradu svislou jí kůží.
Vítr si dutou lebkou hrál,
Jakby se mrtvý z hloubi smál.
Sem tam polétal dlouhý vlas,
Jejž bílé lebce nechal čas,
A rosné kapky spod se rděly,
Jakoby lebky zraky duté,
Večerní krásou máje hnuté,
Se v žaluplných slzách skvěly.

Tak seděl jsem, až vzešlá lůny zář
I mou i lebky té bledší činila tvář,
A – jako příkrovu – bělost její rozsáhlá,
Po dole – po lesích – po horách v dál se táhla.

Wieder war Abend – erster Mai –
Abends der Mai war Liebeszeit;
Das Täubchen rief zur Lieb herbei,
Der Föhrenhain duftete weit.
Von Liebe flüsterte das Moos,
Und blühend log von Schmerz ein Baum,
Die Nachtigall sang ihren Traum,
Die Rose schwieg, sie seufzte bloß.
Im Sträucherschatten still zerronnen
Rauschte der See geheimes Leid,
Das Ufer hielt ihn lang und breit,
Bruder, Schwester in Kinderwonnen.
Es wanden Strahlen späten Lichts
Dem Schädel einen Rosenkranz;
Färbten die Knochen des Gesichts,
Die Haut am Kinn mit letztem Glanz.
Des Windes Spiel im Schädel war
Totes Lachen und Fröhlichkeit.
Hier, dort schwebte ein langes Haar,
Das ließ dem weißen Kopf die Zeit,
Da röteten sich Tropfen Tau,
Als würden durch die stille Schau
Des schönen Abendmais die hohlen
Augen ihr Leid beweinen wollen.

So saß ich nun. Da hob sich Lunas Licht
Und bleichte wie den Schädel so auch mein Gesicht,
Ihr weites Weiß – ein Leichentuch – bedeckte fahl
Die fernen Gebirge, die Wälder und das Tal.

Časem se zdaleka žežhulčino volání
Ještě v dol rozléhá, časem již sova stůně;
Z vůkolních dvorů zní psů výtí i štěkání.
V kol suchoparem je koření libá vůně,
Pahorkem panny jsou slzičky zkvétající.
Tajemné světlo je v jezera dálném lůně;
A mušky svítivé – co hvězdy létající –
Kol kola blysknavé u hře si kola vedou.
Časem si některá zasedši v lebku bledou,
V brzku zas odletí co slza padající.

I v smutném zraku mém dvě vřelé slzy stály,
Co jiskry v jezeru, po mé si tváři hrály;
Neb můj též krásný věk, dětinství mého věk
Daleko odnesl divoký času vztek.
Dalekoť jeho sen, umrlý jako stín,
Obraz co bílých měst u vody stopen klín,
Takť jako zemřelých myšlenka poslední,
Tak jako jméno jich, pradávných bojů hluk,
Dávná severní zář, vyhaslé světlo s ní,
Zbortěné harfy tón, ztrhané strůny zvuk,
Zašlého věku děj, umřelé hvězdy svit,
Zašlé bludice pouť, mrtvé milenky cit,
Zapomenutý hrob, věčnosti sklesly byt,
Vyhasla ohně kouř, slitého zvonu hlas,
Mrtvé labutě zpěv, ztracený lidstva ráj,
To dětinský můj věk.

Des Kuckucks Rufen klingt zunächst noch durch die Luft
Heran vom fernen Tal, dann jammern schon die Eulen;
Und in den Höfen bellen die Hunde und heulen.
Zum Hügel weht wie von Gewürz der Heide Duft,
Wo hell Mariens Tränen, wilde Nelken blühen.
Fern auf dem Schoß des Sees geheimnisvolles Glühen;
Und die leuchtenden Würmchen – wie fliegende Sterne –
Bilden Kreise ringsum in ihrem Lichterspiel.
Sobald mal eines in den bleichen Schädel fiel,
Flieht es sofort, wie Tränen fallen, nach der Ferne.

Es sind zwei Tränen auch aus meinem Blick gesunken,
Spielten mir im Gesicht wie auf dem See die Funken.
Auch meine schöne Zeit, auch meiner Kindheit Zeit
Zerrte mir fort der Jahre wilde Grausamkeit,
Wie ein Schatten erstirbt, weit ist auch jener Traum,
Bild einer weißen Stadt tief unterm Wogenschaum,
Wie der Verstorbenen letzter Gedanke bricht
So ihre Namen auch, uralter Schlachten Wut,
Ferner nördlicher Schein, sein verloschenes Licht,
Berstender Harfe Ton, reißender Saite Sang,
Zeit vergangener Welt, toter Gestirne Flut,
Letzte Kometenbahn, toter Geliebten Glut,
Längst vergessenes Grab, Ende der Ewigkeit,
Kältesten Feuers Rauch, schmelzender Glocke Klang,
Singender toter Schwan, Paradies, das vorbei
Ist für alle. – Das ist meine Kindheit.

Nynější ale čas
Jinošství mého – je, co tato báseň, máj.
Večerní jako máj ve lůně pustých skal;
Na tváři lehký smích, hluboký v srdci žal.

Vidíšli poutníka, an dlouhou lučinou
Spěchá ku cíli, než červánky pohynou?
Tohoto poutníka již zrak neuzří tvůj,
Jak zajde za onou v obzoru skalinou,
Nikdy – ach, nikdy! To budoucí život můj.
Kdo srdci takému utěchy jaké dá?
Bez konce láska je! – Zklamánať láska má!

Je pozdní večer – první máj –
Večerní máj – je lásky čas;
Hrdliččin zve ku lásce hlas:
»Hynku! – Viléme!! – Jarmilo!!!«

Die Zeit
Meiner Jugend aber – ist dies Gedicht, der Mai.
Abendmai, in der Felsen wüster Bitterkeit;
Leichtes Lächeln im Blick, im Herzen tiefes Leid.

Erkennst du den Pilger, der über Wiesen spät
Nach einem Ziel eilt, bevor die Röte vergeht?
Nie wird dein Blick ihn sehn, kommt er am Felsen an,
Der weit am Horizont dort in der Ferne steht,
Niemals – ach – nie wieder! Das ist mein Leben dann.
Wer wird solchem Herzen wohl welchen Trost verleihn?
Endlos die Liebe ist! – Enttäuscht muß meine sein!

Es ist spät Abend – erster Mai –
Abends der Mai ist Liebeszeit;
Das Täubchen ruft zur Lieb herbei:
»Hynek! – Wilhelm!! – Jarmila!!!«

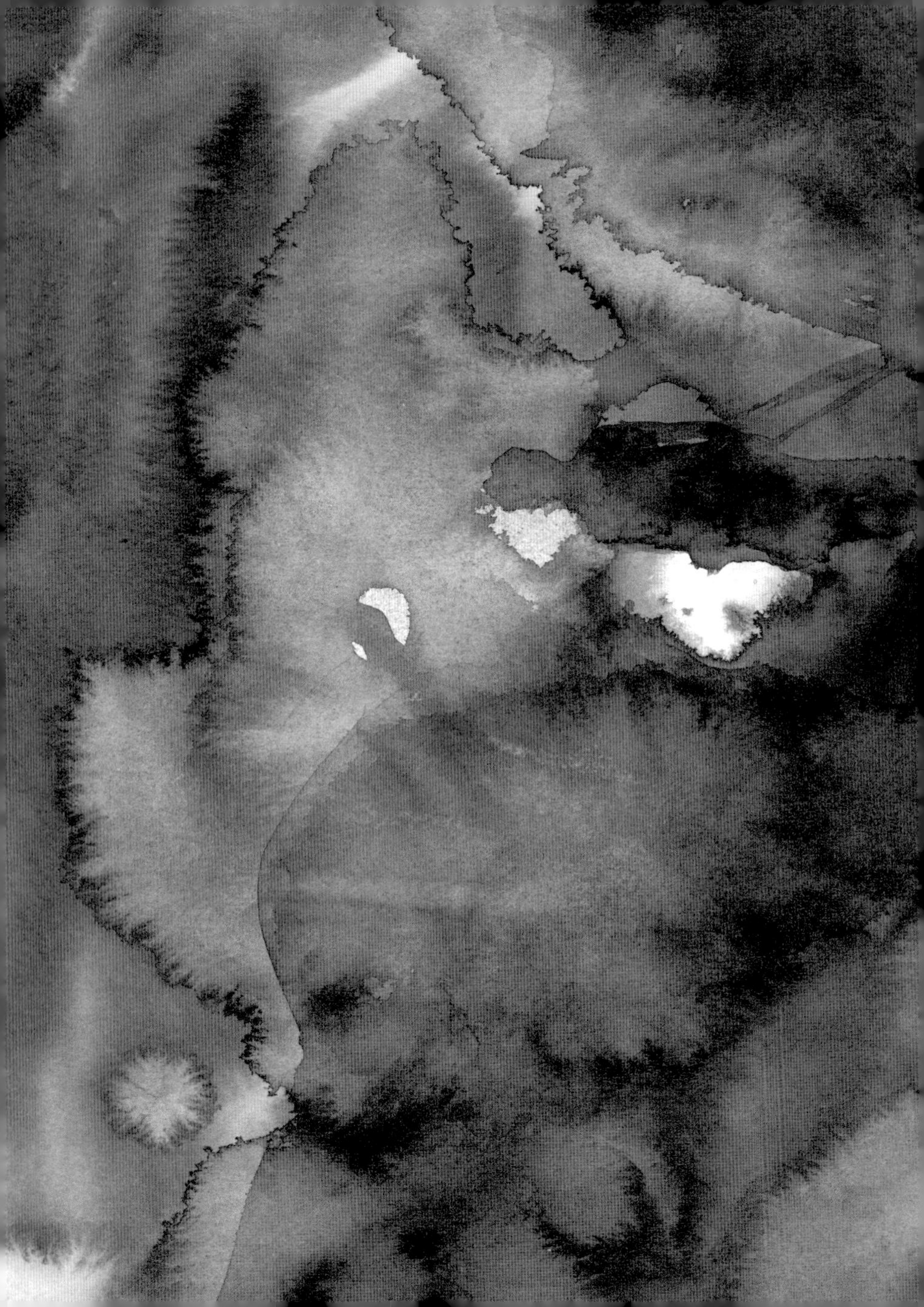

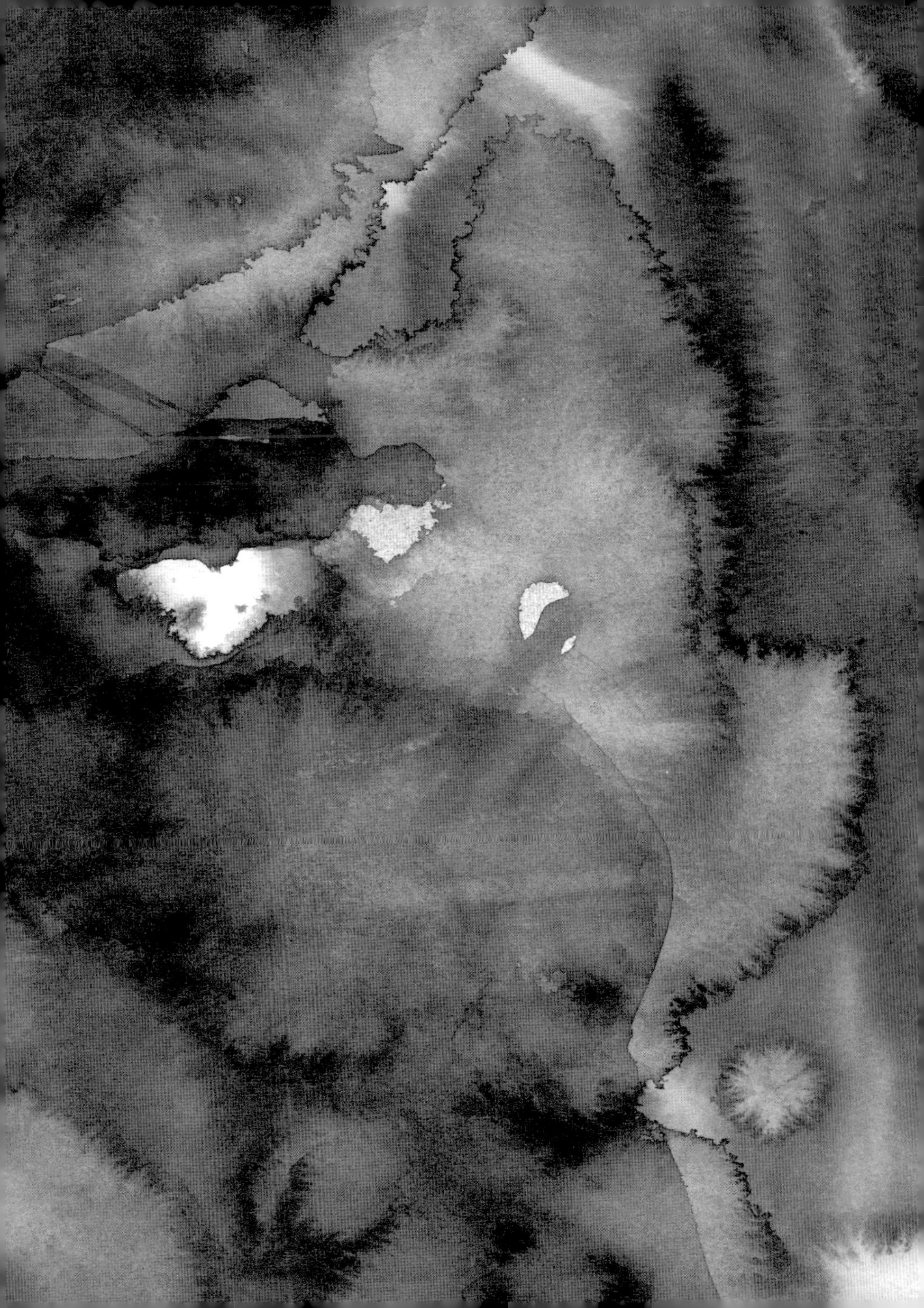

Poznamenání.

INTERMEZZO I.

»Jenž na stráži – co druzí spí« a. t. d.

Bylo pozdě na noc, kdy při pohřbu jednoho z svých přátel přítomen, byl jsem na hřbitově staroměstském. Hrobník spuštěnou rakev zemí zasýpaje: »Dnes již žádného nepřivezou,« pravil, »může státi dnes na stráži.« Na dotazování své obdržel jsem nasledující ponaučení.

Jest mezi sprostým lidem pověra, že poslední na jistý hřbitov pohřbený přes noc na stráži hřbitova toho státi musí, a to sice každou noc, po celý ten čas, až opět jiný zde pohřben bývá, který pak na jeho místo nastoupí. Tak že žádný hřbitov nikdy bez strážce není a že tím způsobem na hřbitově malé osady mrtvý po kolik třeba let na stráži stojí.

Bemerkung.
INTERMEZZO I.

»Der Wache hält – da andre schlafen« u. s. f.

Es herrschte späte Nacht, als ich beim Begräbnis eines meiner Freunde am Altstädter [sc. Prager] Friedhof zugegen war. Der Totengräber, den hinabgelassenen Sarg mit Erde bedeckend, sagte: »Heute bringen sie keinen mehr, er kann heute Wache halten.« Auf meine Frage hin erhielt ich folgende Belehrung:

Unter dem einfachen Volke gibt es den Aberglauben, daß der letzte auf einem Friedhof Begrabene nachts auf diesem Friedhofe Wache halten müsse, und zwar jede Nacht für die Zeit, bis ein anderer begraben wird, der dann seine Stelle einnimmt. Also sei kein Friedhof je ohne Wächter, und darum bewache auf diese Weise den Friedhof einer kleinen Siedlung derselbe Tote oftmals für mehrere Jahre.

Autorův rukopisný tzv. »Výklad Máje«

Nasledující básně jest oučel hlavní, slaviti májovou přírody krásu; k tím snadnějšímu dosažení oučelu tohoto, postavena jest doba májova přírody proti rozdílným dobám života lidského. Tak u příkladu v čísle prvním tichá, vážná, a. t. d. láska v přírodě proti divoké, vášnivé, nezřízené lásce člověka; tak též jiné vlastnosti májové přírody proti podobným života lidského dobám v číslech ostatních. Pověst tedy čili děj básně této nesmí se co věc hlavní považovati, nýbrž jen tolik z děje toho v báseň přijato, jak daleko k dosažení oučelu hlavního nevyhnutelně třeba. Děj se koná u města Hiršberg mezi horami, na nichž hrady Bezděz, Pernštejn, Houska a v dálce Roll k východu, západu, poledni a půlnoci okazují. – Ostatních co se oučelů dotýče, jakož i sententia moralis z celého snadněji se vyrozumí.

Des Autors handschriftliche sog. »Deutung des Mai«[1]

Des folgenden Gedichts Hauptzweck ist, die Schönheit der Natur des Mai zu feiern; zum möglichst einfachen Erreichen dieses Zwecks ist die Maienzeit in der Natur verschiedenen Zeiten des menschlichen Lebens gegenübergestellt. So zum Beispiel in der ersten Nummer die stille, ernste, u. s. f. Liebe in der Natur gegen die wilde, leidenschaftliche, ungezügelte Liebe des Menschen; so auch andere Eigenschaften der Maiennatur gegen ähnliche Zeiten des Menschenlebens in den übrigen Nummern. Die Sage also oder die Handlung dieses Gedichts darf nicht als Hauptsache angesehen werden, vielmehr ist nur so viel aus dieser Handlung ins Gedicht aufgenommen, wie weit zum Erreichen des Hauptzwecks unausweichlich nötig. Die Handlung geschieht bei der Stadt Hirschberg zwischen Bergen, auf denen die Burgen Bösig, Bernstein, Hauska und in der Ferne Roll nach Osten, Westen, Mittag und Mitternacht zeigen. – Was die anderen Zwecke anbelangt, wie auch die sententia moralis, so werden sie aus dem Ganzen leichter verständlich sein.

1 Mácha (ed. Charypar, DVD) 2019 »VM«, der auch eine Kopie der Handschrift bietet. Es wurde angenommen, dass diese *Deutung* dafür gedacht war, den *Mai* durch die Zensur zu bringen, vgl.u. S. 112. Auffällig ist aber, dass sie in die Rezension des *Mai* in der Leipziger Zeitschrift *Unser Planet* 1836, S. 691 (s.u. Anm. 24) Eingang gefunden hat. Vgl. Charypar 2018, S. 58–63 samt Literaturverweisen.

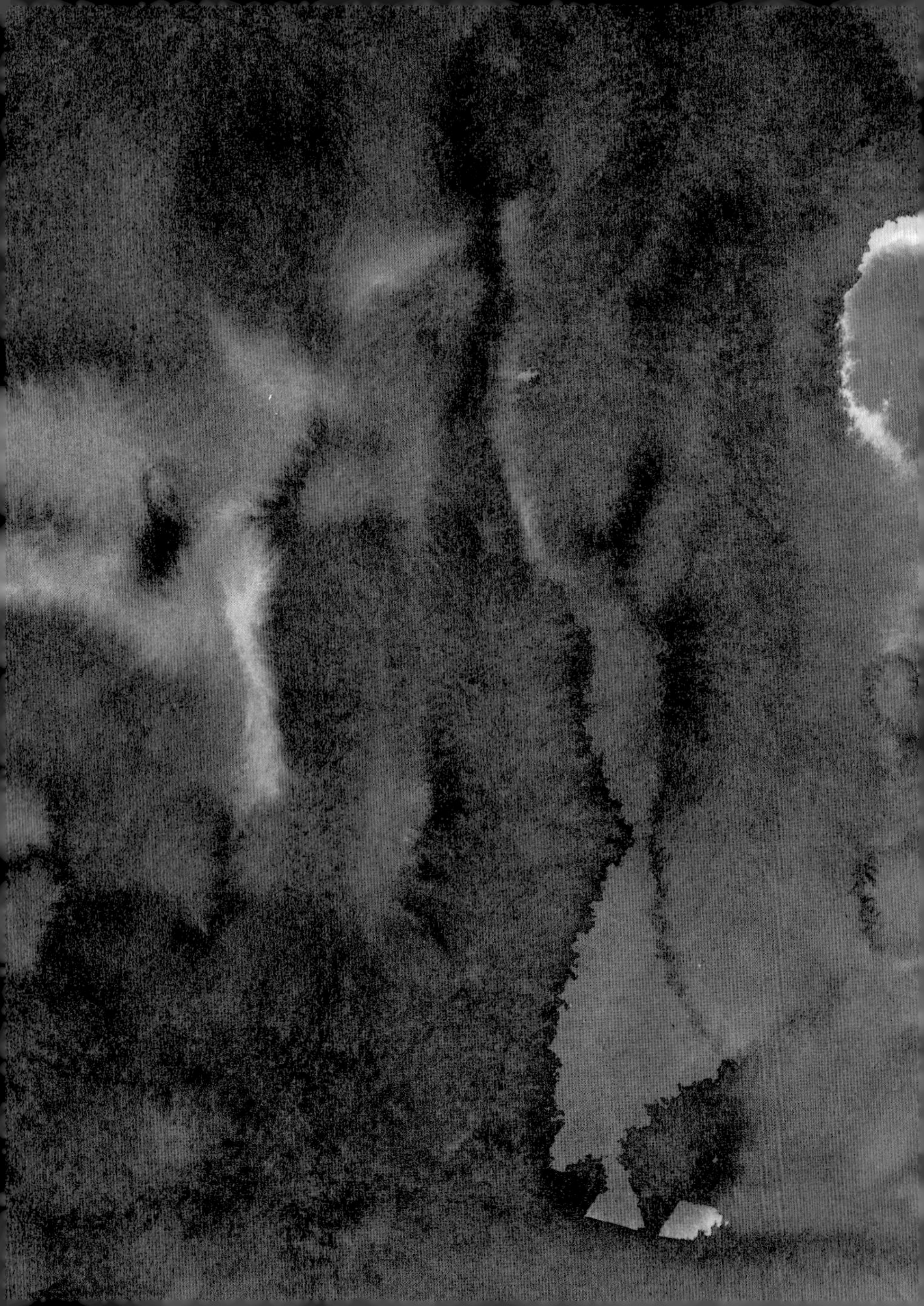

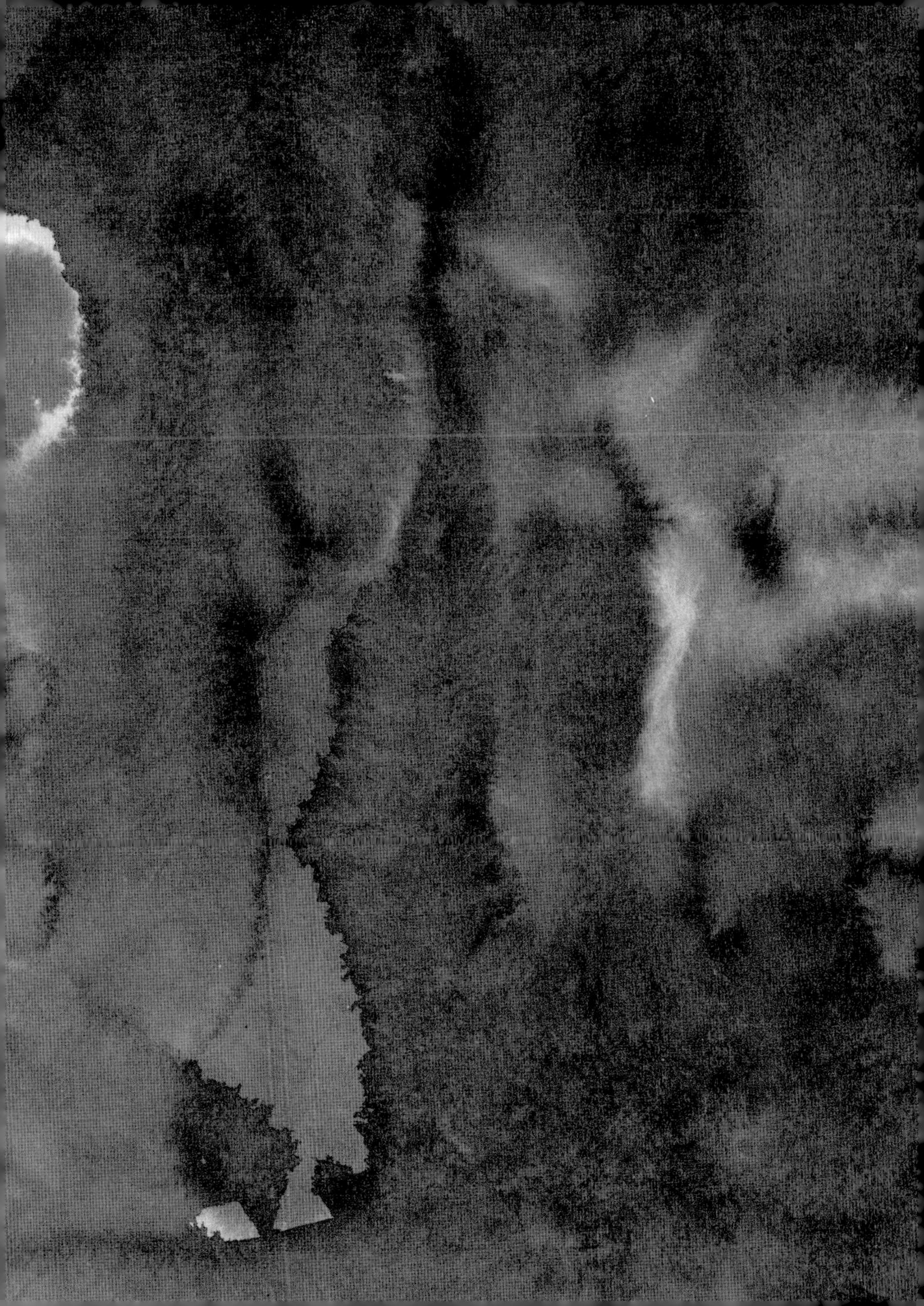

Zur dieser Ausgabe

Bei diesem Band handelt es sich um die überarbeitete Neuauflage meiner vergriffenen Übersetzung von Máchas *Mai* aus dem Jahr 2012. Neu gegenüber 2012 ist zunächst, dass nun auch die Bemerkung des Autors und die »Deutung« (oben S. 96–99) übersetzt sind. Neu sind auch das Nachwort und der Originaltext. Während der Originaltext der Erstauflage 2012 einer Leseausgabe folgte,[2] stammt der hier abgedruckte tschechische Text aus der neuen wissenschaftlichen Edition von Michal Charypar, Jiří Flaišmann und Michal Kosák,[3] die drei Versionen bietet: 1) eine leserfreundliche Version in aktueller Rechtschreibung in Buchform und weiters auf beigelegter DVD 2) den eingescanten sowie abgeschriebenen Text der Erstausgabe 1836 und 3) eine wissenschaftliche, in die Rechtschreibung seit ca. 1843 transkribierte Version (*w* zu *v*, *g* zu *j*, *j* zu *í*, *au* zu *ou*, *ey* zu *ej*). Mit freundlicher Genehmigung ist hier die wissenschaftliche Fassung abgedruckt, die leserfreundlicher ist als der Text der Erstausgabe, zugleich aber nicht die zeitüblichen Eigenheiten modernisiert, wie z.B. die Interpunktion, die Zusammenschreibung (z.B. *jak v objetíby* statt *v objetí by*: 28), die Großschreibung (z.B. *Amaranth*: 50, *v Zenithu*: 437, 468, und durchwegs am Versanfang) oder die Setzung der Anführungszeichen (die an jedem Versanfang wiederholt und bei Antworten verdoppelt werden: z.B. 109–128).

In einigen Punkten weiche ich von Charypar/Flaišmann/Kosák ab:
1) Ich drucke und übersetze nicht den Vorgesang, der interessant ist, aber das heutige deutschsprachige Publikum vom eigentlichen Gedicht zu sehr ablenken würde. Mácha hat damit die tschechischen

2 K.H. Mácha: *Máj*, Květy poezie 218, Prag 1999, basierend auf Mácha (ed. Janský) 1959.

3 Mácha (ed. Charypar) 2019.

Nationalisten bedient und zugleich aufs Korn genommen.[4] 1b) Ich drucke und übersetze nicht die Widmung an den Bäcker Hynek Komm (ca. 1790–1875), von dem kaum mehr bekannt ist, als dass er den Druck des Gedichts mitfinanziert haben könnte.[5]

2) Ich drucke und übersetze auf dem Titelblatt das Motto *Dalekáť cesta má! Marné volání!!* (*Weithin führt mich mein Weg! Vergebliches Rufen!!*),[6] obwohl dieses sich eher nicht primär auf das Gedicht *Mai* bezog, sondern vermutlich jedem Band von Máchas geplanter Reihe *Schriften* (*Spisy*) vorangestellt sein sollte. Doch ist die inhaltliche wie rhythmische Parallele zu den Versen 814–820 (insb. 820: *Endlos die Liebe ist! – Enttäuscht muß meine sein!*) des *Mai* so stark, dass es schade wäre, auf dieses Motto, das seit jeher mit dem *Mai* assoziiert wird, zu verzichten.

3) Aus praktischen und ästhetischen Gründen wurde die graphische Gestaltung gegenüber der Erstausgabe abgeändert: Das betrifft die Zählung der Gesänge, die im Original jeweils auf einer eigenen Seite angeführt ist, sowie die Sprecherangaben und »Regieanweisungen« im ersten Intermezzo, die im Original in unterschiedlichen Schriftarten gedruckt sind.

4) Die einzige inhaltlich relevante Änderung gegenüber Charypar 2019 betrifft die Verse 347–350. Diese lauten in der Erstausgabe 1836: *A lehounce si* ***vlnky*** *hrají | Jezerní dálkou pode věží, | S nimi si* ***vlnky*** *šepotají, | Vězně uspávati se zdají,* | […]. [wörtlich: *Und ganz leicht spielen (miteinander) die kleinen* ***Wellen*** *| über/in/auf den Weiten des Sees unterm Turm, | Mit ihnen flüstern kleine* ***Wellen,*** *| Die den Häftling einzuschläfern scheinen,* | […] Anhand einer anderen Stelle ist deutlich, dass die Wortwiederholung von *vlnky* (*kleine*

4 S.u. S. 117. Auf Dt. ist der Vorgesang in Mácha (üb. Babler und Schamschula) 1983, S. 125–126.

5 Charypar 2018, S. 9 samt Literaturverweisen.

6 Mácha 1836, S. 1.

Wellen) nicht beabsichtigt sein kann, s. 152–153: *Kol bílé věže větry hrají, | Při níž si vlnky šepotají.* [wörtl. *Winde spielen um den weißen Turm, | Bei dem kleine Wellen (miteinander) flüstern.*] Nun ist es eine Geschmacksfrage, welche *vlnky* (*Wellen*) man durch *větry* (*Winde*) ersetzt: Logischer erschiene, parallel zu 152–153, dass die Winde *spielen* und die Wellen *flüstern*, und so lautet der Text auch bei Charypar 2019. Dass die Winde somit *unter dem Turm* spielen würden, ist durchaus schlüssig im Vergleich zu den »Sprecherangaben« zu 467 und 469. Es läge dem die Vorstellung zugrunde, dass die Winde über die Wasseroberfläche fegen. Doch lautmalerisch und für die konkrete Szene scheint doch die umgekehrte Reihenfolge besser zu passen, da das »*n*« in *vlnky* (*Wellen*) bestens mit dem »*n*« in *lehounce* (*ganz leicht*) korrespondiert und sich zudem eine Art Kameraschwenk von der Wasseroberfläche (*Wellen*) zum Turmfenster (*Winde*) und weiter zum Häftling ergibt: So wurde die Emendation ursprünglich von Mojmír Otruba[7] vorgeschlagen und so übernehme auch ich sie.

5) Im Gegensatz zu Charypar 2019 übernehme ich die Emendation von Pavel Vašák in 60–61. Im Originaldruck 1836 reichen die Anführungszeichen bis zum Ende des Verses 61. Das Demonstrativpronomen *jí* in Vers 62, das sich auf *svedenou* (*die Verführte*) bezieht, macht es unwahrscheinlich, dass der Vers 61 noch Teil eines inneren Monologs ist.[8]

7 Otruba 1992.

8 Vašák 1982. Vgl. Mácha (ed. Charypar, DVD) Komm ad loc. in »KHE«.

Ursprünglich hatte ich damit begonnen, den Text meiner Übersetzung aus dem Jahr 2012 für die vorliegende Neuauflage grundlegend zu überarbeiten, doch ließ ich es lieber sein. Zwar war ich 2010–2011, als ich an der ersten Übersetzung arbeitete, erst 25–26 Jahre alt und würde heute vielleicht einiges anders machen, doch habe ich nach einer Weile gemerkt, dass es besser ist, bei meiner ursprünglichen Überetzung zu bleiben, deren Konzept ich auch heute nicht ändern würde: nämlich 1) den teils freien Rhythmus Máchas zu übernehmen und 2) dadurch die Freiheit zu gewinnen, inhaltlich präziser und sprachlich korrekter zu übersetzen als meine Vorgänger, die den *Mai* großteils in strenge Jamben zwängten, 3) umgekehrt den Rhythmus dort streng einzuhalten, wo Mácha es (stets aus nachvollziehbaren Gründen!) tut, und 4) die lautmalerischen Elemente nachzuahmen.[9]

Gegenüber 2012 habe ich einen tatsächlichen Übersetzungsfehler in 119–120 korrigiert, sowie einen Tippfehler im Titel des zweiten Intermezzos. Weitere, zumeist kosmetische Änderungen betreffen die Verse 21, 23, 33, 50, 81, 87, 96, 110, 124, 126, 136, 171, 177, 193, 206, 207, 257, 267, 274, 301, 310, 321, 446, 447, 460, 461, 467, 489, 490, 495, 497, 499, 505, 506, 507, 508, 509, 521, 539, 550, 684, 722, 737, 738, 792, 795. Neu sind schließlich die altmodischen Anführungszeichen, die an den neuen Originaltext angepasst worden sind. Und schließlich halte ich mich bei der Schreibung von ss/ß nun an die alte Rechtschreibung, weil es eigenartig ist, Máchas eigene deutschsprachige Gedichte in alter, aber den *Mai* in neuer Rechtschreibung zu lesen. Sonst habe ich die Rechtschreibung aber nicht archaisiert.

9 Zu Techniken der Übersetzung und älteren Übers. s.u. S. 131–142.

Passagen des *Mai* kann in Tschechien so gut wie jeder auswendig. Kaum ist wer glücklich, unglücklich, verliebt oder betrunken, schon kommen sie ihm in den Sinn. Am ersten Mai stehen bei Máchas Statue auf dem Prager Petřín Liebespaare Schlange, um Händchen haltend ein paar Verse aufzusagen. Das Liebesgedicht *Mai* aus dem Jahr 1836 ist nicht nur Schullektüre, sondern bis heute auch Inspirationsquelle und Bezugspunkt der tschechischen Literatur. Es ist nicht nur ein in vielen Belangen geradezu typisches Werk der Romantik, sondern zugleich außergewöhnlicher Vorläufer – und in Tschechien auch Vorbild – der modernen, auf poetischen Bildern und Assoziationen aufbauenden Dichtung vom Symbolismus über den Poetismus und Surrealismus bis heute. Kurzum: Máchas *Mai* gehört in jedes Buchregal. Bei mir steht er gleich neben Homer und der Bibel. Ich lernte dieses Gedicht zum ersten Mal als Neunjähriger in meinem letzten Jahr an der tschechischen Volksschule in Wien kennen – und seine ersten 36 Verse auswendig. Am österreichischen Gymnasium fiel es mir aufgrund der Sprachbarriere schwer, meine Begeisterung für Mácha und die ihm verwandte tschechische Dichtung zu teilen. Als ich ein Jahr vor der Matura im Deutschunterricht ein Referat über den *Mai* hielt und eine bestehende Übersetzung verwendete, sagte die Lehrerin: »Ein schönes Gedicht, aber die Wortstellung ist daneben und die Versmaße holpern.« Meine Einwände, dass es an der Übersetzung liege, waren nicht überzeugend, zu tief war das Misstrauen der »kleinslawischen« Literatur gegenüber verankert. Und so fühlte ich mich geradezu gezwungen, irgendwann, wenn ich genug Gedichte auf Deutsch verfasst und mit Versmaßen, Klangfiguren, Reimen umzugehen gelernt hätte, Máchas *Mai* selbst zu übertragen.

Karel Hynek Mácha wurde am 16.11. 1810 auf der Prager Kleinseite als Ignaz Mácha geboren. Im Privatleben verwendete er neben dem deutschen Vornamen auch die tschechische Form Hynek. Den zusätzlichen Vornamen Karel (Kar. oder K.) verwendete er als Autor.[10] Seine Mutter war Maria Anna geb. Kirchner (1781–1840), eine Tochter von Josef Karl Kirchner, dem Organisten der Nikolaus-Kirche auf der Prager Kleinseite. Sein Vater Anton(ín) Mácha (1769–1843) war zunächst Müller. Die Familie geriet schon durch den Staatsbankrott 1811 in finanzielle Schwierigkeiten und ließ sich nach mehreren Übersiedlungen ca. 1826 auf dem damaligen Prager Viehmarkt, dem heutigen Karlsplatz (Karlovo náměstí) nieder, wo der Vater ein Mehlgeschäft betrieb (Berufsbezeichnung: Grießler). Mácha hatte einen jüngeren Bruder, Michal (1812–1871), der nach der Müllerlehre im Eisenbahnbau arbeitete.

Nach dem (damals natürlich noch deutschsprachigen) Gymnasium studierte Mácha an der Prager Karlsuniversität zuerst Philosophie (1830–1832) und dann Jus (1832–1836). Tschechisch-Vorlesungen besuchte er bei Josef Jungmann (1773–1847), dem Autor des ersten großen tschechisch-deutschen Wörterbuchs,[11] Vorlesungen zur antiken Literatur bei Aloys Klar (1763–1833).[12] Nach Abschluss des Studiums trat er Ende September 1836 eine Stelle als Konzipient in der Kanzlei des Bezirksnotars Joseph Philipp Duras (1793–1856) in Leitmeritz (Litoměřice) an.

Noch in Prag wirkte Mácha unter div. Pseudonymen als Amateurschauspieler im Theater von Josef Kajetán Tyl (1808–1856), aus dessen

10 S. die Werkliste in Mácha (ed. Janský) 1959, S. 486.

11 Jungmann: *Slovník česko-německ*, 5 Bd., Prag 1835–1839.

12 Klars *Auswahl von Gedichten zu declamatorischen Übungen*, Prag 1822, [2]1829 kannte Mácha aus dem Gymnasium, vgl. Mácha (ed. Janský) 1959, S. 464.

Stück *Fidlovačka (Schusterfest)* die tschechische Hymne stammt. Im Winter 1833/34 lernte er bei einer Probe Eleonore (Lori) Schomek kennen, seine spätere Verlobte. Ihr gemeinsamer Sohn Ludvík/Ludwig kam am 1.10. 1836 zur Welt. Mácha starb nach einer plötzlichen Erkrankung am 5. oder 6.11. 1836 in Leitmeritz. Die Hochzeit mit Lori war für den 8.11. geplant. Der Sohn Ludvík starb am 5.7. 1837. Die Umstände der letzten Lebenstage Máchas werden aus seinen Briefen ersichtlich,[13] über sein sonstiges Privatleben, seinen Jähzorn und seine sexuelle Energie gibt sein teils chiffriertes Tagebuch aus dem Jahr 1835 Aufschluss, sowie das Tagebuch über die Wanderung nach Norditalien, die er im Sommer 1834 mit seinem Studienkollegen Anton(ín) Strobach/Štrobach (1814–1856), der auch Taufpate seines Sohnes Ludvík war, unternahm.[14] Auf anderen ausgedehnten Wanderungen zeichnete Mácha systematisch Burgruinen.[15] Nach dem polnischen Aufstand gegen Russland 1830–1831 organisierte er Hilfe für Flüchtlinge u.a. gemeinsam mit seinem Studienkollegen Karel Sabina (1813–1877) und lernte Polnisch.[16]

Máchas Werk

Es sind 23 deutschsprachige Gedichte von Karel Hynek Mácha erhalten, von denen er vier 1829 als *Versuche* deklariert hat, während die anderen mindestens ins Jahr 1833 reichen,[17] so auch das folgende Gedicht:

13 Dt.: Mácha (üb. Cikán) 2019.

14 Dt.: Mácha (ed. Drubek-Meyer) 2000 und s.u. S. 125–127. Erinnerungen von Máchas Zeitgenossen bietet Janský 1958.

15 Alle Zeichnungen enthält Mráz 1988.

16 Z.B. Prokop 2010, S. 87.

17 Datierungen in Mácha (ed. Janský) 1959, S. 467–473. Vgl. Fischer 1929.

O Muse, die ich über alles liebe,
Erfülle meines Herzens tiefsten Drang.
Erhelle meiner Seele dunkle Triebe,
Begeistre mich zu meinem Klaggesang,
Laß meiner Harfe Saiten düster tönen,
Du Echo hall! der Harfe Klänge nach,
Enthüll des wunden Herzens leises Sehnen,
Das unterm Schmerz der bittern Trennung brach.

Ich wohne nun auf einer dunklen Höhe,
Wo Tod nur herrscht und keine Blume sproßt;
Wie sehr ich auch die strengen Mächte flehe,
Erhebt den Busen mir kein leiser Trost.
Zum Strom des Nichts seh' ich die Tage ziehen,
Und meines Lebens Blume blühet ab;
Ich sehe schnell die süßen Freuden fliehen,
Und meine Hoffnung bleibt ein stilles Grab.

Dort glänzt kein Stern über den kahlen Steinen,
Der dich zu mir und mich zu dir hinruft;
Auf dieser Welt wird uns nichts mehr vereinen, –
Und endlich selbst entzweiet uns die Gruft.
Ich weiß von nichts auf diesen Erdenhöhen,
Ich kenne nichts, was mancher Sel'ge preist;
Ich hoffe nur auf jenes Auferstehen,
Dort, wo zum Geist flieht der verwandte Geist.[18]

18 Text hergestellt aus Mácha (ed. Janský) 1959, S. 325 und 473.

Obwohl Mácha seine deutschsprachigen Gedichte nicht veröffentlicht hat, ist durchaus anzunehmen, dass er Ambitionen hatte, langfristig ein zweisprachiger Dichter zu sein.[19]

Auf Tschechisch sind von Mácha neben dem *Mai* etwas mehr als 100 Gedichte erhalten (je nachdem, wie man verschiedene Fassungen zählen will, sind es ein bisschen mehr oder weniger), dazu fünf kurze Theaterstückfragmente, einiges an Kurzprosa und schließlich zwei längere Prosatexte: Fragmente des Romans *Kat* (*Henker*) und der Roman *Cikáni* (*Zigeuner*).[20]

Zu Lebzeiten veröffentlichte Mácha Gedichte und Prosa in Zeitschriften, insbesondere in den Jahren 1834–1835 in der Zeitschrift *Květy* (*Blüten*).[21] Sein Roman *Zigeuner* wurde von der Zensur nicht zum Druck zugelassen. Die ersten sieben Kapitel erschienen erst 1851 in der Zeitschrift *Lumír*, der ganze Text dann 1857. Der *Mai* wurde von der Zensur unter Vorbehalten, die allerdings leider nicht bekannt sind, *mutatis mutandis* zum Druck zugelassen, es wird jedoch allgemein angenommen, dass keine wesentlichen oder dem Werk zuwiderlaufenden Veränderungen erzwungen worden sind.[22] Mácha gab das Gedicht am 23.4. 1836 auf eigene Kosten beim Verleger Spurný heraus, und zwar in 600 Stück Auflage in qualitativ und preislich unterschiedlichen Versionen.[23]

19 Eisner 1945: 40–49 und 82–83. Winter 2014, S. 216. Das hier zitierte Gedicht ist laut Eisner sorgfältiger ausgearbeitet als sein tschechisches Pendant *Cizinec* (*Der Fremde*). Zu weiteren Aspekten von Máchas Mehrsprachigkeit s. Winter 2017 u. im literaturhistorischen Kontext Vörös 2010.

20 Die Romantexte auf Dt. in: Mácha (ed. Drubek-Meyer) 2000. Das Gedicht *Zastaveníčko* (*Stelldichein*) auf Dt. in Mácha (üb. Cikán) 2019, S. 55.

21 Genaue Angaben s. Mácha (ed. Janský) 1959, S. 484–486.

22 Zur Zensur s. Charypar 2018, S. 14, 92–98 und Píša 2018, S. 48—49.

23 Charypar 2018, S. 8–14.

Máchas *Mai* wurde gleich nach seinem Erscheinen von der deutschsprachigen Krtitik positiv aufgenommen, während die tschechische zunächst niederschmetternd war. In Wien und Leipzig erschien je eine positive Rezension, wobei die Leipziger eine Übersetzung des ersten Intermezzos enthielt. Erwähnenswert ist auch die positive polnische Rezension von August Bielowski (1806–1872).[24] Bis Ende 1837 übersetzte der spätere kroatische Nationaldichter Petar Preradović (1818–1872), wohl während seiner Militärausbildung in Wiener Neustadt, die ersten 36 Verse des *Mai*.[25] Der tschechisch-jüdisch-deutsche Prager Dichter Siegfried Kapper (1820–1879) veröffentlichte im Almanach *Libussa* für das Jahr 1844 (mehr als ein Jahr vor der ersten Mácha-Ausgabe von Karel Sabina) die erste deutsche Übersetzung des ganzen Gedichts. Der anonyme Autor der Wiener Rezension schreibt: *Der sanfte Hauch der Liebesklage schwebt über den, von einer glühenden Phantasie reichlich ausgestreuten Blüthen, und des Autors reges Gefühl spricht sich besonders in jenen Stellen recht ergreifend aus, wo er das romantisch Schöne der Natur und des Unglücks schildert. Am gelungendsten ist das erste Intermezzo, wo der romantische Ton des Gedichts sein Kulmen erreicht hat und des Verfassers Beruf zu dieser Dichtungsart beurkundet.*[26]

24 Die deutschspr. Rezensionen sind: *Österreichisches Morgenblatt* 1, Nr. 23 vom 22.6.1836, S. 94 (von J.N.–ky), *Unser Planet* 7, Nr. 172–174 vom 19.–21.7. 1836, S. 685–686, 689–691, 693–694, enth. in Mácha (ed. Charypar, DVD) 2019 als »Č1«, vgl.o. Anm. 1, zur Autorschaft s. Charypar 2018, S. 17. Die polnische Rezension ist *Gazeta Lwowska* 26, Beilage *Rozmaitości*, Nr. 52, vom 24. 12. 1836, S. 415 (von A[ugust] B[ielowski]). Es folgten weitere dt. Rezensionen u. Zeitschriftenpublikationen, s. Winter 2014, S. 260, Vašák 1984, S. 54–56 und passim.

25 Vašák 1980.

26 *Österr. Morgenblatt* wie o. Anm. 24, S. 691.

Die tschechischen Rezensenten hatten ganz andere Sorgen. Für sie musste die Literatur der nationalen Sache dienen, also moralisch, optimistisch und vor allem frei von ausländischem Einfluss sein. Sie warfen Mácha allesamt Nihilismus und Byronismus vor, der erste und aggressivste Rezensent, Jan Slavomír Tomíček (1806–1866), auch Hegelianismus. Teile seiner Rezension gehen so heftig mit Máchas poetischen Bildern ins Gericht, dass sie sich beinahe wie der beste Beweis für die Qualität des *Mai* anhören: *Sein Gedicht ist Schlacke, die, von einem abgestorbenen Vulkane ausgeworfen, unter Blumen fiel. Blumen vermögen uns zu erfreuen, und sie tun es, aber keinesfalls erfreut uns ein kühler toter Meteor, der aus aufgerissenem Inneren ausgespien wurde. In ihm finden wir nichts Schönes, nichts Belebendes, nichts Poetisches im strengen Sinne des Wortes.*[27]

Josef Kajetán Tyl gesteht Mácha zwar zu, dass er ein Dichter ist, stellt aber fest, dass ihm seine Gesänge besser gefielen, wenn sie *nicht so untschechisch* wären, und er setzt fort: *Die Poesie Hrn. Máchas ist ein Zauberautomat.* [...] *Gibt es denn nichts Notwendigeres in unserer Lage, nichts Anmutigeres in unserem Jahrhundert, nichts Wichtigeres im Leben als einen Mörder, der sich mit jenem ›Nichts‹ befasst?*[28]

Eher witzig war die Reaktion von František Ladislav Čelakovský (1799–1852) in seinem Brief vom 13.5. 1836 an Josef Krasoslav Chmelenský (1800–1839): *Mir kommt alles so vor, als räche sich der diesjährige Mai an uns, weil solche Galgenlieder über ihn gesungen worden sind. Der unglückliche Dichter mit seiner ganzen Romantik! Einen Bock geht die uns an, während das Obst und somit auch der Wein – die Wonne der Dichter –, wie ich höre, allenthalben erfroren ist. Und auch die Gurken – sind alle dahin!*

27 J. Sl. Tomíček in *Česká včela* 3, Nr. 22 vom 31.5. 1836, S. 181–182. Vgl. auch die Kritik durch Karel Jaromír Erben (1811–1870): Udolph 2000.

28 J. K. Tyl in: *Květy* 3, Beilage Nr. 15 u. 16 vom 21.7. u. 4.8. 1836, S. 57–59 u. 61–64, zu Mácha: S. 58.

Und Hunger macht darum | *Z té zkázy vznikne hlad*
samt Beulenpest sich breit, | *a z hladu pojde mor,*
reißt jedem Wesen fort | *ten všechen vyhubí,*
die süße Lebenszeit. | *co živý bude, tvor.*

Das sind Früchte des schrecklichen Byronismus![29]

Chmelenský hat bald darauf eine Rezension verfasst, die in dieselbe Kerbe schlägt. Er betont zwar, dass Mácha die tschechische Dichtung weiterentwickelt hat, schließt aber folgendermaßen: *Sein Mai – beleidigt zumindest mich zu sehr; denn ich wende mit Unlust von einem Gehenkten und einem so unpoetisch gefallenen Engel die Augen ab. Obwohl Hr. Mácha rundherum viele schöne Blumen gepflanzt, viele Bilder in vergoldeten Rahmen aufgehängt hat: dennoch vermögen der Duft seiner Blumen und der Glanz seiner Bilder den Gestank des stürzenden Verbrechers nicht zu verdecken* [...]. *Und dann, was geht uns Byron an? – Er singe noch einmal, Hr. Mácha, wie die höhere Macht in seiner Brust erklingt, und er wärme sein Herz und entflamme seine Phantasie nicht an den unnatürlichen Produkten des englischen Lords, der immer mit sich selbst ringt; um wieviel feiner und reiner wird seine Lyra dann zu unserer Freude erklingen. So aber ist, wie er selbst auf S. 33* [v. 343] *singt, sein Gedicht »Das, wovon man als vom Nichts nur spricht.«*[30]

Mácha hatte eben ein ziemliches Problem: Er wollte etwas Neues schaffen, zugleich etwas Kosmopolitisches, etwas, von dem er überzeugt war, dass es gut ist, weil es seinen tiefsten Gefühlen entsprach. Zugleich saß ihm aber die Zensur des Vormärz im Nacken, die ihm schon die Publikation des Romans *Zigeuner* verboten hatte, und was noch schlimmer war: die tschechische Literaturkritik war völlig von der nationalen Wiedergeburt eingenommen und beurteilte alles und jedes nur unter

29 Übers. aus Vašák 1979, S. 233. Das Gedicht bezieht sich auf *Mai*, Vers 35.
30 *Časopis Českého museum* 10, 1836, Nr. 3/4, S. 380–3.

dem Gesichtspunkt, ob es, um mit heutigem Vokabular zu sprechen, »politisch korrekt« und »gesellschafts-politisch relevant« war. Vermutlich um die Heimatfreunde auf seine Seite zu bekommen, verfasste Mácha auch einen Vorgesang zum *Mai*, der davon handelt, wie toll die Tschechen sind. Die volkstümlich-einfachen Reime, der trochäische Rhythmus, die Wiederholung der Wörter *Tscheche* oder *tschechisch* in fast jeder Zeile, der vom Chor zu wiederholende zweizeilige Refrain *Unser treuer Sohn und Bruder / Hast ein treues Tschechenherz* oder etwa die Behauptung der Unbesiegbarkeit eines tschechischen Heeres machen aus diesem Vorgesang einen ironisch anmutenden Schlachtruf.[31] Gerade Chmelenský hat diesen Vorgesang zu Noten von Heřman Skřivan (1802–?) in ein nationalistisches Liederbuch aufgenommen.[32]

Es ist bemerkenswert, dass den zweien, die sich am meisten für Mácha einsetzten, nämlich Kapper und Sabina, von der tschechischen Gesellschaft recht übel mitgespielt wurde: Sabina wurde 1849 vorgeworfen, für die österreichische Polizei gearbeitet zu haben, woraufhin er sich zurückzog und verarmte. Kapper, der tschechischer Dichter und zugleich tschechisch-deutscher Kulturvermittler sein wollte, ohne dabei seine jüdische Identität zu verleugnen, hielt es in der nationalistisch aufgeheizten Atmosphäre nicht aus und bereiste lieber alle Gebiete des heutigen Jugoslawiens, um dort südslawische Heldenepik zu studieren und herauszugeben.[33]

31 Zur Ironie s. Jakobson 1938, S. 257–258; Stich 1986, S. 169–176; Černý 1986. Der Vorgesang parodiert verm. das Gedicht *Společná píseň* (*Gemeinsames Lied*, 1835) von Fr. Lad. Čelakovský (1799–1852). S.o. S. 104–105.

32 J.K. Chmelenský (ed.) *Věnec ze zpěvů vlastenských, uvitý a obětovaný dívkám vlastenským II.* [*Kranz aus Heimatliedern, geflochten und geopfert den heimatliebenden Mädchen*], Prag 1836, S. 49–50. S. Charypar 2018, S. 14–15.

33 Autor des tsch. Lyrikbands *České listy*, Prag 1846, Hg. u. Übers. von *Die Gesänge der Serben*, 2 Bd., Leipzig 1852. Zu Kapper s. Winter 2018.

Mácha hat Byron tatsächlich viel gelesen, und zwar in deutscher Übersetzung. Das geht aus seinen Notizbüchern hervor, die reichhaltige Exzerpte und Literaturlisten enthalten. Man kann sich aber natürlich unschwer vorstellen, dass Byron nicht die einzige Lektüre Máchas war.[34] Ebenfalls in deutscher Übersetzung las er historische Romane und Gedichte von Edward Bulwer (1803–1873) und Walter Scott (1771–1832). Auf Polnisch las er ca. seit 1833 insbesondere die mit Lord Byron verwandten Romantiker Adam Mickiewicz (1798–1855), Juliusz Słowacki (1809–1849) und weiters die Gedichte *Maria* von Antoni Malczewski (1793–1826) und *Wacława dziele* von Stefan Garczyński (1805–1833). Dass Mácha in der antiken Literatur sattelfest war, ergab sich aus dem Lateinunterricht am Gymnasium, und dass er auch Goethe, Novalis oder den damals allgegenwärtigen Ossian kannte, braucht nicht gesondert erwähnt zu werden. Viel wichtiger als alle Klassiker aus den Notizbüchern und anderen Quellen zu exzerpieren, ist meines Erachtens hervorzuheben, dass Mácha schon seit seiner Jugend die Schauerromane von Ann Radcliffe (1764–1823) und Christian Heinrich Spieß (1755–1799) verschlang.[35]

Und welchen Einfluss hatte diese Lektüre auf Máchas Werk? Zunächst zur Prosa: Mácha plante einen umfassenden Zyklus historischer Romane unter dem Titel *Kat* (*Henker*). Zu Lebzeiten publiziert wurde aber samt humoristischem Nachwort nur der Teil *Křivoklad*,[36] doch ist diese Prosa stark subjektiv, erinnert von der Handlung her an die Ver-

34 Die Notizbücher sind in: Mácha (ed. Janský) 1972. Máchas Lektüre fasst Prokop 2010, S. 86–91 zusammen.

35 Janský 1958, S. 17. Spieß wurde, nebenbei gesagt, auch von Josef Váchal verehrt: Váchal (Kētos) 2019, S. 372, Komm. zu 57,1.

36 In *Květy* 1834.

wicklungen der Schauer- und Abenteuerromane und mutet zugleich geradezu protosurrealistisch an.[37] Über den Protagonisten erfahren wir, dass er als unehelicher und verstoßener Sohn Wenzels III. eigentlich der letzte Přemyslide ist. Diverse Schicksalsschläge hatten ihn zum königlichen Henker gemacht, durch die Liebe zur jungen Edeldame Milada kommt er beinahe wieder auf die rechte Bahn, sie haben ein uneheliches Kind miteinander, doch dann kommt es zu komplizierten Verwicklungen, Milada ist die Tochter eines ganz anderen Vaters als alle glauben, der Henker muss ihn hinrichten, Milada ist verzweifelt, verhilft dem Henker und dem König dennoch zur Flucht, und als sie zurückkehren, wird sie schon bestattet. Immer wieder wünschen einander die Protagonisten *Gute Nacht*. So verabschiedet Milada sich vom Henker: *»Gute Nacht, Unglücklicher! Ich wollte Dein Engel sein, doch war ich für die drückende Schwere des Schicksals zu schwach; ich kann nicht mehr. Du kehrst zurück in die dir schreckliche Welt – wohl bald wieder auf den Pfad der Verzweiflung. Ich – gehe schlafen.«*[38] Das Ganze ist kontrastiert mit einem fast slapstickartigen Nachwort, wo die direkten Reden der handelnden Personen (Autor, nationalistische Studenten, ein Jude, ein Kapuziner) so durcheinandergewürfelt sind, dass sich durch die Zusammensetzung ein neuer Inhalt ergibt:

> *Kapuziner (lauter und feuriger predigend). »Und was sagte dieser dazu?« fragt der Prophet.*
> *Junger Jude (murmelnd). Ungehobeltes Volk.* [Im Orig. Deutsch]
> *Ich. Diese Stellen werden erst im vollständigen Roman –*

37 Meyer 2006, S. 407.

38 Kap. 4. Janský S. 29. Zu *Gute Nacht* vgl. *Zastaveníčko*, wie o. Anm. 20. Vgl. auch das Schlussgedicht von Vítězslav Nezvals Schauerroman *Valerie und die Woche der Wunder*: Dt. Nezval (Kētos) 2018, S. 193.

Kapuziner. »Zum Lolch in weißem Weizen –
Ich. erklärt –
Kapuziner. tritt hin und reiß ihn heraus, –
Ich. und der ganze Roman wird erst so –
Kapuziner. um ihn in die flammende Nacht zu werfen!«
Ich. in sich selbst abgeschlossen sein. –
Kapuziner (predigt weiter, ist fast am Ende). Und so auch ihr –
Ich. – Liebe Heimatfreunde![39]

Nach einer Adaptierung historischer Romane sieht das nicht aus, vielmehr erkennen wir, mit welchem Phantasiereichtum und mit welcher Freude an unterhaltsamer Literatur Mácha ans Werk ging.

Und nun zurück zu unserem *Mai* und zu Lord Byron. Ja, es wird immer wieder zurecht festgestellt, dass Máchas *Mai* aus Byrons Gedichten *Parisina* und *Der Gefangene von Chillon* schöpft.[40] *Parisina* beginnt wie der *Mai* mit der Beschreibung einer Frühlingslandschaft, dann folgen Tod und Liebesunglück in Verwicklungen des Krieges. Der *Gefangene von Chillon* sitzt allein im Kerker, seine *Ketten* klirren, er fühlt sich in der Zelle, als wäre er in der *Leere*, und hofft auf die Erlösung durch den Tod. Mácha verwendet zwar die Motive der Frühlingslandschaft und des einsamen Häftlings, baut sie aber um, und vor allem verbindet er sie miteinader, indem er sie wie zwei kontrastierende Farben nebeneinander aufträgt. Die erwachende Mailandschaft und der nahende Tod sind in den ersten zwei Gesängen des *Mai* direkt nebeneinander gestellt, die Handlung

39 Janský et al. 1961 S. 56. Vgl. Galmiche 2010 aber auch den Humor von August Vojtěch Nevšímals *Tajnosti hradu Tollenštejna* (*Geheimnisse der Burg Tollenstein*), in: *Paleček* 1876 und tsch./dt. in Nevšímal (Kētos) 2020.
40 Dt. z.B. in Byron: *Sämtl. Werke* Bd. 1, ed. S. Schmitz, München 1977, S. 391–426.

spielt nur insofern eine Rolle, als sie diese Bilder noch enger verbindet.[41] Und der gefangene Wilhelm fühlt die Leere keineswegs im Kerker, vielmehr weiß er, dass erst nach seinem Tod das *Nichts* kommen wird. Ein gewagter, unchristlicher Gedanke, vor allem für den Beginn des 19. Jahrhunderts![42] Die Beschreibung der Mailandschaft (und der spätere Abschied von Mutter Erde in 596–641) betonen die irdische Schönheit. Was nach dem Tod passiert, ist keine Erlösung, kein Paradies, das dem Pöbel versprochen wird, bevor man ihn in den Krieg schickt, sondern: *Nichts*. Die Liebe findet auf der Erde statt, und nur auf der Erde, und sie ist körperlich. Genauso hat mir, Mácha folgend, meine Großmutter die Romantik erklärt. Am österreichischen Gymnasium wurde uns die Romantik später anhand von E.T.A. Hoffmanns Roman *Der goldene Topf* demonstriert: Das war schon eine große Enttäuschung für mich, über tolpatschige Studenten zu lesen, die unmotiviert und ganz ohne Drogeneinfluss überall komische Tiere mit Edelsteinaugen erblicken, wobei diese mit der Lautmalerei des Wortes *Topf* formulierten Halluzinationen als Phantasie ausgegeben werden. Phantasie bei Mácha ist nicht unmotiviertes Sehen von beliebigen Edelsteinen, sondern mehr: ein traumartiges Assoziieren von Gedanken und Bildern.

Rezeption II – Surrealismus und so weiter

Der Mitbegründer des Poetismus und des tschechischen Surrealismus, einer der einflussreichsten Dichter der tschechischen Moderne, Vítězslav Nezval (1900–1958), setzt die Verse 795–810 von Máchas *Mai* an den Anfang seiner Ausführungen über moderne Dichtung (hier 797ff.):[43]

41 S.o. S. 98–99.

42 Zum europäischen Kontext s. Tschižewskij 1972, Pohorský 1978, Berkes 2010.

43 Nezval 1937, S. 9–25, vgl. Cikán in Nezval *Valerie* (Kētos) 2018, S. 195–202.

Auch meine schöne Zeit, auch meiner Kindheit Zeit
Zerrte mir fort der Jahre wilde Grausamkeit,
Wie ein Schatten erstirbt, weit ist auch jener Traum,
Bild einer weißen Stadt tief unterm Wogenschaum,
Wie der Verstorbenen letzter Gedanke bricht
So ihre Namen auch, uralter Schlachten Wut,
Ferner nördlicher Schein, sein verloschenes Licht,
Berstender Harfe Ton, reißender Saite Sang,
Zeit vergangener Welt, toter Gestirne Flut,
Letzte Kometenbahn, toter Geliebten Glut,
Längst vergessenes Grab, Ende der Ewigkeit,
Kältesten Feuers Rauch, schmelzender Glocke Klang,
Singender toter Schwan, Paradies, das vorbei
Ist für alle. – Das ist meine Kindheit.[44]

Hier beschreibt der Autor also seine Kindheit. Er sagt nicht etwa: Meine Kindheit war wie der Frühling und jetzt ist sie vorbei. Das wäre laut Nezval ein altmodischer *Vergleich*, bei dem das Vergleichsbild *Frühling* nur dazu dient, das Bild der *Kindheit* näher zu beschreiben, ihm daher untergeordnet ist und in unserer Erinnerung nur kurz überlebt. Das, was Mácha da macht, ist laut Nezval ein *multithematisches Gedicht*, das sich *poetischer Bilder* bedient. Mácha beschreibt seine vergangene Kindheit, indem er auf eine Einleitung (*auch meiner Kindheit Zeit etc.*) eine Reihe von Bildern folgen lässt, die auf den ersten Blick nichts mit der Kindheit zu tun haben. Und doch: Die vergangene Kindheit als *Bild einer weißen Stadt tief unterm Wogenschaum*, die vergangene Kindheit als *Zeit vergangener Welt, toter Gestirne Flut*, die eigene vergangene Kindheit als ein *Paradies,*

44 Zu Übersetzungsproblemen dieser Passage s.u. S. 138.

das vorbei ist, und zwar nicht nur für einen Erwachsenen, sondern für die ganze *Menschheit*, das sind Vergleiche/Bilder, die auf der Gefühlsebene einleuchten, wenn man sich als Leser auf sie einlässt und sie nicht von vornherein als Firlefanz abtut. Und sie leuchten nicht nur ein, sondern sie sprechen unsere Gefühle viel unmittelbarer an, als etwa eine trockene psychologische Analyse einer Vater-Sohn-Beziehung. Die Art von Phantasie, die Vorstellungskraft und die Gabe, eine Sache mit etwas völlig anderem zu assoziieren, ist jedem Menschen angeboren. *Für ein spielendes Kind kann ein Holzscheit zum Märchenschloss werden, ein Sessel zur Prinzessin, eine Nähmaschine zum Elephanten. Mit logischem Denken lässt sich ein gemeinsames Symbol eines Scheits und eines Märchenschlosses kaum erkennen, doch die kindliche Phantasie findet es blitzschnell ohne nachzudenken, denn sie gehorcht jener geheimnisvollen Sehnsucht, die im Menschen von Geburt an bis zum Tod das Spiel dieser Phantasie antreibt und lenkt.*[45] Erst mit der Zeit werde diese Phantasie durch das Einhalten gesellschaftlicher und moralischer Normen unterdrückt, breche aber doch hervor, wenn unser unterbewusster Unterdrückungsmechanismus der Phantasie ausgeschaltet wird, etwa unter dem Einfluss von Drogen, bei Fieber oder im Traum. Das Ziel der modernen Poesie ist laut Nezval, diese Normen zu brechen und die Assoziationsgabe, das Bilderschaffen (*obrazotvornost*), die Phantasie zu befreien, da der Mensch nur dann wirklich frei ist, wenn auch sein Geist frei sein darf – oder umgekehrt: weil nur ein Mensch mit befreitem Geist auch nach physischer Freiheit strebt. Dieser Gedanke Nezvals unterscheidet sich recht stark von der heutigen allgemeinen Auffassung von politisch engagierter Lyrik. Diese Ideen findet Nezval also bei Mácha und legt sie der *gesamten* modernen Dichtung, deren Durchbruch er im Symbolismus ansetzt, zugrunde.

45 Nezval 1937, S. 18.

Ein weiteres Ideal Máchas, das auf die moderne tschechische Literatur großen Einfluss hatte, war die wirkungsvolle Klangsprache. Mácha unterstützt die poetischen Bilder des *Mai* sowohl mit unterschiedlichen Versmaßen als auch mit diversen lautmalerischen Elementen wie Reim und Alliteration.[46] Während die französischen Surrealisten darauf pochten, dass ihre Dichtung von jeder Form befreit sein müsse, um möglichst international und gut übersetzbar zu sein, beharrten die tschechischen Poetisten und Surrealisten darauf, aus dem Vollen der spezifischen klanglichen Möglichkeiten der eigenen Sprache zu schöpfen. Dadurch wurden ihre Werke freilich eher unübersetzbar.[47] Naturgemäß wurde die Vereinnahmung Máchas durch die tschechischen Surrealisten auch sehr kritisch gesehen,[48] aber das ändert nichts daran, dass die Verschmelzung der poetistisch-surrealistischen Ideen mit Mácha langfristig prägend war.[49]

Mácha beeinflusste aber nicht nur die Dichtung, sondern auch die tschechische Sprache. *Karel Hynek Mácha führte ›seine‹ tschechische Sprache an die Grenze der Funktionsfähigkeit, und zwar – ironischerweise – auch und gerade da, wo er an der Entstehung der tschechischen Schriftsprache wesentlich Anteil hatte. Und darin liegt die Differenz zu den anderen [...] Nationaldichtern, die – zumindest im Falle von Goethe und Puschkin – gerade für ihre Klarheit und ihren transparenten Stil gepriesen werden.*[50]

Poetische Bilder können freilich nur funktionieren, wenn sie auch sprachlich verständlich sind, und das sind sie bei Mácha allemal. Am Ausschöpfen der Mittel der Lautmalerei erkenne ich jedenfalls nichts

46 S.u. S. 131–138.

47 Cikán, Nachw. zu Nezvals *Valerie* (Kētos) 2018, S. 198–199.

48 Z.B. Faktorová 2011, S. 53.

49 Budagova 2010, Křivánek 2010, Schwarz 2000 zu Seifert.

50 Meyer in Mácha (ed. Drubek-Neyer) 2000, S. 396.

Ironisches. Vielmehr behaupte ich, dass der hohe Stellenwert, den Dichtung und klangvolle, bildreiche Sprache in Tschechien bis heute genießen, zu einem großen Teil auf Máchas *Mai* beruht. Dass hingegen in der ersten großen deutschsprachigen Mácha-Ausgabe bis auf den *Mai* nur Prosa berücksichtigt wurde, mag auf ein anderes Literaturverständnis hindeuten.[51]

Rezeption III – Kult und Surrealismus

Ein regelrechter Kult um Karel Hynek Mácha ist in den 50er Jahren des 19. Jahrhunderts entstanden, als sich nach der Veröffentlichung der ersten *Gesamtausgabe* Máchas 1845 durch Karel Sabina die Literatengruppe der *Májovci* (*Mai-Anhänger*) formierte. Diese brachten 1858 ihren ersten vielbeachteten *Almanach Máj* heraus, in dem neben Karel Sabina noch Größen wie Jan Neruda (1834–1891), Božena Němcová (1820–1862), Karolina Světlá (1830–1899) oder Jakub Arbes (1840–1914) aufgenommen wurden.[52] Um die von Nezval so betonte freie Phantasieentfaltung Máchas ging es ihnen nicht,[53] vielmehr versuchten sie eine neue, eher realistische Nationalliteratur zu etablieren, und waren sonst politisch für Demokratie, Meinungsfreiheit, Frauenrechte und nicht zuletzt nationale Anliegen engagiert. Mácha stilisierten sie jedenfalls zum Nationaldichter, zum vekannten feinfühligen Genie und Sänger der Liebe. Schon in der Mitte der 1840er Jahre setzten Pilgerbewegungen zu Máchas Grab nach Leitmeritz ein, was mit der Zeit zu Konflikten mit der dortigen deutschsprachigen Mehrheitsbevölkerung führte.[54]

51 Rezension v. Mácha (ed. Drubek-Neyer) 2000 v. Schamschula 2003, S. 283.

52 Josef Barák (ed.): *Máj. První Almanah na rok 1858*, Prag 1858.

53 Z.B. Vašák 1984, S. 45.

54 Faktorová 2010, S. 89–99, Vašák ²2004, S. 234–240.

Nationaldichter sollte Mácha von nun an bleiben,[55] allerdings wandten sich die Poetisten und Surrealisten der Zwischenkriegszeit mit Verve gegen die Stilisierung Máchas zum ätherischen Wesen und machten ihn vielmehr zu einem unangepassten wilden Revolutionär: Vítězslav Nezval gab zum hundertsten Todestag Máchas den Sammelband *Ani labuť, ani Lůna* (*Weder Schwan noch Luna*) heraus.[56] Der Titel ist das Incipit eines von Máchas Liedern:

Kein weißer Schwan und keine Luna	*Ani labuť, ani luna,*
Pflügt das Wolkenbeet,	*Oblaky neoře;*
Es ist eine weiße Kapelle,	*Leč to bílá kaple stojí*
Die am Gipfel steht.	*Na vysoké hoře.*[57]

Vítězslav Nezval und Bohuslav Brouk (1912–1978) setzen sich in diesem Sammelband dafür ein, Mácha mit all seinen menschlichen Fehlern und all seiner Sexualität wahrzunehmen und verurteilen auf eine recht aggressive Weise die nationalistische Vereinnahmung des Dichters. Bohuslav Brouk verlangte in seinem Beitrag explizit eine Ausgabe des intimen, chiffrierten Tagebuchs und schimpfte auf die wissenschaftlichen Herausgeber (und somit nebenbei auf die Zensur erotischer Inhalte im Allgemeinen): *Mit puritanischer Engstirnigkeit sortieren sie pedantisch ihre Brösel und veröffentlichen nur die, die dem heutigen spießigen Mácha-Bild entsprechen. Sie veröffentlichen, wie Mácha nachts im Park mit seiner Liebsten über die böhmische Frage diskutierte* [...], *doch das intime chiffrierte Tagebuch, darin Mácha den Beweis hinterließ, dass sein Geschlecht nicht mit Moos bewachsen war, so wie es wohl das ihrige ist, hüten sie mit Sorgfalt,*

55 Vgl. z.B. Colombi / Krause 2019, S. 171–188, Pynsent 2010.

56 Nezval (ed.) 1936.

57 Květy 2, Nr. 22 vom 28.5. 1835, S. 213. Mácha (ed. Janský9 S. 134.

damit es niemals an die Öffentlichkeit gelange. [...] *auch dieses Notizbuch muss herausgegeben werden, denn es ist notwendig die Leute darauf aufmerksam zu machen, dass auch ein Dichter kein Übermensch ist, dem es gelingen könnte, seinen geschlechtlichen Trieb völlig zu sublimieren.*[58]

Und Nezval beschließt seinen Beitrag mit den Worten: *Mácha war Surrealist mit Leben, Träumen, Dichtung und Tod. Schande über den Tomíček des zwanzigsten Jahrhunderts, diese banale Meute von Kastraten mit bekannten, verschmitzten Gesichtern. Es lebe der Surrealismus!*[59]

Die Sache führte dazu, dass Bohuslav Brouk und der Verleger Otto Jirsák (1907–1940) vom großen Mácha-Spezialisten Karel Janský verklagt wurden und Brouk sich mittels Zeitungsinserat entschuldigen musste.[60]

Máchas chiffriertes Tagebuch enthält Einträge wie: *Als nach dem Abendessen alle bis auf Roza weggegangen sind, waren wir beim Ofen. Ich zog sie* [sc. Lori] *von hinten aus und sah sie mir an, sie ging hinauf, um zu sehen, was Roza macht. Sie* [Lori] *hat einen Mordsarsch. Ich habe sie von hinten gefickt. Wir haben darüber geredet:* Wie tief ich hinein gekommen bin? *Und ich fragte, ob sie schreien wird, sie sagte, daß sie es nicht weiß, kommt darauf an, ob es weh tut. Daß es immer so sein soll wie heute. Dann gingen wir gemeinsam auf der Straße spazieren, ich drohte mit dem Pelikan.*[61]

58 Brouk 1936, S. 80–81. Vgl. Kopáč 2010.

59 Nezval 1936, S. 41.

60 Mácha (ed. Vašák) 2007, S. 107–135.

61 Mácha (ed. Vašák) 2007, S. 27, Eintrag 30.9.1835, Version A. Lori sprach nur Deutsch und wird von Mácha auch auf Dt. zitiert. Vašáks Dechiffriertabelle a.a.O S. 20 tut so, als hätte Mácha sein Tagebuch erst nach der Rechtschreibreform der 1840er Jahre verfasst (s.o. S. 104). Das führt zu irrigen Transkriptionen, im Dt. z.B. *jekommen* statt *gekommen*. Vašáks Dechiffriertabelle ist auch deswegen sinnlos, weil Mácha seinen Tagebüchern selbst einen Dechiffrierschlüssel beigefügt hat.

Tatsächlich sind Máchas intime Tagebücher, die schon Jakub Arbes entziffert hatte, in Tschechien erst im Jahr 1993 offiziell erschienen.[62] Karel Janský et al. 1972 hatten in ihrer monumentalen kritischen Gesamtausgabe anrüchige chiffrierte Passagen ausgelassen.

Wie auch immer um Máchas Darstellung in der Zwischenkriegszeit gestritten wurde, Máchas Kultstatus war allgemeingültig. Im Jahr 1938 wurden seine Überreste aus dem im Sudetenland gelegenen Leitmeritz nach Prag gebracht und am 7.5. 1939 nach penibler Untersuchung am Friedhof auf dem Vyšehrad feierlich bestattet. Dieses zweite Begräbnis Máchas kam einer stillen Demonstration gegen die nationalsozialistische Besatzung gleich.[63]

Dass Mácha leider auch zu Kitsch verarbeitet wird, zeigt die Verfilmung *Máj* von F.A. Brabec aus dem Jahr 2008, die allerdings, so weit ich sehe, so gut wie durchwegs negativ rezensiert worden ist.

Versmaße

Der *Mai* zeichnet sich durch eine große Bandbreite an verschiedenen Versmaßen aus, die jeweils ein unterschiedliches Tempo haben und somit die jeweiligen Bilder und die Handlung auf eigene Weise unterstützen. Außerdem wird das Gedicht somit nicht monoton.[64]

62 Mácha (ed. Pohorský) 1993, dann (ed. Vašák) 2007. Zuvor in Venedig (ed. Wildová-Tosi) 1976, im Prager Samizdat (ed. Ondřich Hamera) 1976, dies. Ausg. nachgedruckt in Toronto (68 Publishers) 1980, und dann folgte eine Ausg. in München (Daniel Strož) 1986.

63 Faktorová 2010, S. 100–104, vgl.u. S. 148.

64 Eine genaue Analyse des Versmaßes bieten Prokop 2010, S. 145–161 und Červenka 1983, Übersicht zw. S. 132 und 133 (dig.). Dt.: Červenka 2000. Vgl. Jakobson 1938. Zum tsch. Versmaß insg. s. Červenka 2006. Zu Máchas poetischen Mitteln insg. s. Mukařovský 1928.

Das im *Mai* am häufigsten auftretende Versmaß ist der vierhebige Jambus, sowohl mit männlicher als auch mit weiblicher Kadenz.

⏑ – ⏑ – ⏑ – ⏑ – (⏑) *Es war spät Abend – erster Mai*
Byl pozdní večer – první máj (1)

Nicht selten erscheint auch der fünfhebige Jambus.
Im dritten und vierten Gesang herrscht dann der sechshebige Jambus oder Alexandriner mit der typischen Zäsur[65] nach der dritten Hebung vor:

⏑ – ⏑ – ⏑ – | ⏑ – ⏑ – ⏑ – (⏑) *Es war im siebten Jahr, des Jahres letzter Tag*
Byl asi sedmý rok, poslední v roce den (729)

Im ganzen Gedicht gibt es einen siebenhebigen Jambus (534).
Das zweite Intermezzo ist durchgehend in vierhebigen Trochäen verfasst. Es ist somit die einzige Passage im ganzen Gedicht, wo gleichsam im Nähmaschinenrhythmus eine längere Reihe von Versen immer dieselbe trochäisch-jambische Abfolge von Hebungen und Senkungen aufweist. Das unterstützt die Monotonie der Klage.

– ⏑ – ⏑ – ⏑ – ⏑ *Berge stehn sich gegenüber*
Stojí hory proti sobě (675)

Diese Einteilung ist alles andere als vollständig, denn Mácha bricht den Rhythmus auf verschiedene Arten auf. Die weiteren Hauptvarianten des vierhebigen Jambus findet man, und das ist sicher kein Zufall, schon unter den ersten vier Versen:

65 Zur Zäsur im Alexandriner vgl.u. S. 138–139.

– ◡ ◡ – ◡ – ◡ – (◡) *Abends der Mai war Liebeszeit*
Večerní máj – byl lásky čas (2)
◡ – ◡ ◡ – ◡ ◡ – (◡) *Der Föhrenhain duftete weit*
Kde borový zaváněl háj (4)[66]

Es leuchtet ein, dass die fünfhebigen und sechshebigen Jamben aufgrund ihrer Länge noch viel variantenreicher sind als die vierhebigen.

Darüberhinaus scheinen auch kurze, dreihebige Jamben auf, und zwar insbesondere im zweiten Gesang, der rhythmisch und syntaktisch geradezu zerhackt ist, was die Angst und die Wut des Häftlings unterstreicht:

◡ – ◡ – ◡ – (◡) *Die kennt mich längst nicht mehr*
Ta dávno neví o mně (175)

66 Vers 2: *Hrdliččin zval ku lásce hlas* (*Das Täubchen rief zur Lieb herbei*) könnte im tsch. Orig. theoretisch –◡◡––◡◡– gelesen werden: Im Tschechischen trägt jedes Wort Initialakzent, und eine Präposition gilt als Wortanfang. Da hier aber nach dem zweiten Fuß keine Zäsur vorliegt, und in der tschechischen Metrik der Hebungsprall ebenso vermieden wird wie in der deutschen, ergibt sich ganz natürlich der Rhythmus –◡◡–◡–◡–, die Präposition wird gleichsam als Nebenbetonung behandelt. Den Vers so zu lesen, dass das Verb *zval* (*lud ein / rief herbei*) nicht betont wird, ist nicht möglich, da die tschechische Metrik, ebenso wie die deutsche, (jedenfalls in jambischen Versmaßen) keine Folge von drei Senkungen zulässt: –◡◡◡–◡◡–. Anders verhält es sich bei vierhebigen Jamben mit Zäsur: *Budoucí čas?! – Zítřejší den?! – | Co přes něj dál, pouhý to sen* (288–289), bei denen der Hebungsprall durch die Zäsur ermöglicht wird. Wohlgemerkt steht hier am Anfang der zweiten Vershälfte keine Präposition:
–◡◡–|–◡◡–
◡–◡–|–◡◡–
Z.B. in Vers 18 finden wir im Orig. noch die Variante –◡–◡–◡◡–(◡).
Zur tsch. Metrik d. frühen 19. Jh. vgl. Sgallová/Ibrahim 2015, S. 124, Anm. 4.

Und schließlich finden sich Stellen (gehäuft in 112–170), an denen Mácha den Rhythmus bricht, indem er die vierhebigen Jamben um eine zusätzliche Silbe erweitert:

◡ — ◡ — ◡ ◡ — ◡ —   *Des kleinen Turmfensters Lampenschein*
Je z mala okénka lampy svit (115)

Máchas Jonglieren mit betonten und unbetonten Silben ist weder beliebig noch von der Natur der tschechischen Sprache erzwungen. Vielmehr entsprechen die Versmaße immer der vorherrschenden Stimmung, und Mácha baut durchaus Passagen in völlig regelmäßigem Metrum ein: Das wirkungsvoll monotone zweite Intermezzo haben wir schon erwähnt. Der Anfang des vierten Gesangs ist wiederum in reinen Alexandrinern verfasst, die alle eine männliche Kadenz aufweisen, was für einen ruhigen, erzählenden Charakter sorgt (729–736). Ab 737 werden die Verse variantenreicher und das Tempo wird erhöht.

Ein weiteres Beispiel für eine rhythmisch einheitlich gestaltete Stelle ist die oben bereits zitierte Passage über die Kindheit (799–810, vgl. 660–670). Die abgewandelten Alexandriner weisen in der Zäsur einen Hebungsprall auf. Zusätzlich enden und beginnen sie alle betont, wodurch sich ein zweiter Hebungsprall über das Versende hinweg ergibt:

— ◡ ◡ — ◡ —|— ◡ ◡ — ◡ —   *Zeit vergangener Welt, toter Gestirne Flut,*
— ◡ — ◡ ◡ —|— ◡ ◡ — ◡ —   *Letzte Kometenbahn, toter Geliebten Glut*
(805–806)

Auffällig ist bei Mácha auch der gezielte Einsatz von Alliterationen und Assonanzen. Diese untermalen mal die Stimmung und mal die Geräuschkulisse, wie z.B. im zweiten Gesang das Kettengeklirr durch die Wiederholung des markanten Lautes »*ř*«:

Řetězů řinčí hřmot, a pak	*Kettengeklirr, -gekrächz, und dann*
U tichu vše umírá.	*Stirbt alles. Alles still.* (263f., vgl. 246)

Wörtlich übersetzt wäre diese Stelle: *Der Ketten Donner klirrt, und dann | stirbt alles in der Stille*. Das Wort *Donner* wäre in der Übersetzung zu weich und evozierte zu tiefe Töne, um lautmalerisch das Klirren zu illustrieren. Die Wiederholung des »*ř*« ruft auch eine gewisse kakophonische Irritation hervor, die durch den weichen Abschluss *U tichu vše umírá* klangfarblich und rhythmisch entspannt wird. Dass der erste Vers auch wegen des hinaufgerutschten *und dann* unruhig wirkt, liegt auf der Hand. Interessanter ist, wie die zwei Verse klanglich miteinander korrespondieren: Die weichen Laute »*ť*« (*ti*) und »*m*« des zweiten Verses sind im ersten in den entsprechenden Versfüßen schon vorbereitet: »*tě*«, und »*m*« in *hřmot*. Auch korrespondiert das »*š*« im zweiten Vers mit dem »*č*« im ersten. Während diese Laute im ersten Vers aber durch die Dominanz des klirrenden »*ř*« untergehen, kommen sie in der Umgebung des stillen »*ch*« und des weichen, runden »*r*« zum Vorschein. Im Deutschen ließ sich die kakophonische Irritation durch die Dominanz des »*k/g–r*« im ersten Vers erreichen, die das »*chz*« in *Gekrächz* um den hohen klirrenden Ton bereichert. Im zweiten Vers dominieren in der Übersetzung die Assonanz des weichen »*ll*« und die Alliteration des stillen »*st*«. Zugleich korrespondiert aber das doppelte, leise »*s*« (*alles*) mit dem »*z*« im vorigen Vers

(*-gekrächz*). Wir sehen also deutlich, dass diese Lautmalerei nicht nur auf Gleichklang, sondern auch auf Kontrasten beruht.

An anderen Stellen dienen die Alliterationen zur Unterstützung des Rhythmus, so zum Beispiel gleich am Anfang des Gedichts in den Versen 9–14. Sehen wir uns vorher die Verse 1–8 an: Die Verse 1–2 sind durch die Zäsuren sehr verlangsamt: *Es was spät Abend – erster Mai*. Die Verse 3–4 nehmen etwas Tempo auf, im Original ist Vers 4 ein Relativsatz. Der Rhythmus von Vers 4 und das Satzende bringen die erste Beschleunigung wieder zum Erliegen. Mit Vers 5 kommt ein neuer, zaghafter Anlauf. Von 5–8 entspricht jeder Vers einem Hauptsatz, und alle Verse 1–8 haben eine männliche Kadenz. Die erste weibliche Kadenz[67] erscheint in Vers 9 und fällt mit den ersten Assonanzen und Alliterationen zusammen (9–14):

Jezero hladké v křovích stinných	Im Sträucherschatten still zerronnen
Zvučelo temně tajný bol,	Rauschte der See geheimes Leid,
Břeh je objímal kol a kol;	Das Ufer hielt ihn lang und breit;
A slunce jasná světů jiných	Und fremder Welten helle Sonnen,
Bloudila blankytnými pásky,	Sie irrten durch azurne Strähnen,
Planoucí tam co slzy lásky.	Loderten dort wie Liebestränen.

Ich habe nur die wichtigsten Assonanzen und Alliterationen markiert. Mit Vers 9–10 geht erstmals ein Satz über zwei Verse. Die Kombination von weiblicher Kadenz in Vers 9 und dem trochäischen Beginn von Vers 10 erhöht das Tempo zusätzlich. Die Gemination *kol a kol* (wörtl. *rundherum und rundherum*) in Vers 11 und die Wiederholung des Bindeworts »*a*« (*und*) in Vers 11 und 12 steigern das Tempo noch weiter. Das Tempo verlangsamt sich am Höhepunkt der Passage, in Vers 12, durch besonders

67 Einen ähnlichen Effekt erkennt man z.B. ab Vers 737, s.u S. 139.

klaren Rhythmus, der durch die starke Kreuzalliteration »*s–j–s–j*« und vor allem die plötzliche Folge von vier zweisilbigen Wörtern (mit Initialakzent) hervorgerufen wird. Das Tempo wird durch die Alliterationen »*bl–bl–p–pl*« bis zur Zäsur in der Mitte von Vers 14 wieder erhöht und endet also mit dem Wort *tam* (*dort*), das durch seine Einsilbigkeit für eine relativ starke Zäsur sorgt. Die Passage endet mit der Entspannung durch *co slzy lásky* (*wie Liebestränen*). Im Deutschen ahme ich diese Komposition durch die Wiederholung von »*sch–t*« in Vers 9 nach, die sich schon ab dem Wort *still* langsam zu »*l-t*« entwickelt. Im Vers 12 übernehme ich den kräftigen Rhythmus der zwisilbigen Wörter, den ich nicht mit Alliteration, sondern mit der Assonanz des »*e*« verstärke. Bis zur ersten Hälfte des Verses 14 wird dann die Domninanz der Lautverbindung »*l-d-r-t*« vorbereitet.

Der ideale Zustand ist für mich als Übersetzer der, dass sich ein Vers vollkommen wörtlich übersetzen lässt und im Deutschen zugleich dieselben oder zumindest ähnliche klangliche Effekte bietet, z.B.:

O lásce šeptal tichý mech. (5)
Von Liebe flüsterte das Moos. (Cikán 2012/20)
Von Liebe lispelt leis das Moos. (Babler 1983)
Von Liebe flüstert es im stillen Moose. (Schamschula 1983)
Von Liebe flüsterte das stille Moos. (vollkommen wörtlich)

Meine Übersetzung ist wörtlich, ausgelassen ist nur das Adjektiv *still*, was nicht weiter stört, weil das *Moos* still sein muss, wenn es *flüstert*. Die Erzählzeit bleibt bei mir die Vergangenheit, was meines Erachtens in der Anfangspassage wichtig ist. Die Kadenz bleibt männlich. Máchas entzückend leise Assonanz des »*ch*« ist zwar nicht übernommen, dafür ergibt sich ganz von allein eine Verdoppelung des »*l*«, des »*t*«, eine verdreifachung des »*s*«, und das Hauchige wird immerhin durch das »*f*« in den Vers gebracht. Otto František Babler will eine Alliteration des »*l*« erreichen, was aber vor allem dazu führt, dass das unfreiwillig komische Wort »*lispelt*« überbetont wird. Wegen des »*leis*« muss Babler vom Präteritum in die Gegenwart springen. Walther Schamschula fällt aus dem Versmaß, verwendet die weibliche Kadenz, zerstört somit ohne ersichtlichen Grund das von Mácha intendierte Tempo und wechselt in die Gegenwart, ohne dadurch einen poetischen Effekt zu erzielen.

Wenn Übersetzungen von Lyrik verglichen werden, neigen Rezensenten dazu, mechanisch vorzugehen, also zum Beispiel darauf zu achten, ob ein Übersetzer das Reimschema übernommen hat oder nicht.[68] Das ist nicht zielführend. Ein Übersetzer, der sowohl den Klang als auch den Inhalt bestmöglich nachahmen will, muss immer abwägen, was gerade das am meisten Sinnbildende an der betreffenden Passage ist. Walther Schamschula und Otto F. Babler übernehmen etwa das Reimschema ABBA der Eingangsverse. Aber zu welchem Preis? (1–4):

Mácha
Byl pozdní večer – první máj –
Večerní máj – byl lásky čas.
Hrdliččin zval ku lásce hlas,
Kde borový zaváněl háj.

Cikán 2012/20
Es war spät Abend – erster Mai –
Abends der Mai war Liebeszeit.
Das Täubchen rief zur Lieb herbei,
Der Föhrenhain duftete weit.

Schamschula 1983
Zur späten Stund' – des ersten Mai
Zur Maiennacht – der Liebe Zeit –,
Der Taube Ruf sang Liebesleid,
Wo Kieferndu ft weht fern herbei.

Babler 1983
Ein Abend spät – der erste Mai –
ein Abendmai – der Liebe Zeit.
Wo Föhren Düfte streuen weit,
das Täubchen ruft zur Lieb herbei.

68 Z.B. Uličný 2010, vgl.u. Anm. 77.

Beide übernehmen Máchas rhythmische Varianten nicht. Bei Schamschula *lädt* die *(Turtel)Taube* nicht zur Liebe ein, sondern singt *Liebesleid*, was ungefähr das Gegenteil des Originalgedankens ist. Babler muss die Verse 3 und 4 vertauschen, erreicht somit zwar die Reimstruktur des Originals, muss aber einen anderen inhaltlichen Aufbau in Kauf nehmen. Die Sätze *Wo Kiefernduft weht fern herbei* (Schamschula) und *wo Föhren Düfte streuen weit* (Babler) wirken unbeholfen. Ich habe das Reimschema hier zu ABAB abgewandelt, weil Mácha im Verlauf des Gedichts alle möglichen Schemata verwendet. Das ermöglicht mir aber, rhythmisch und inhaltlich eng am Original zu bleiben, was ich in diesem Fall bevorzuge. Babler und Schamschula übernehmen Máchas Gedankenstrich auch in Vers 2. Babler wiederholt das Wort *večer* (*Abend*) bzw. *večerní* (*abendlich*), allerdings im selben Versfuß, sodass es sich nicht nach Variation, sondern nach schlichter Wortwiederholung anhört. Schamschula ist davon überzeugt, dass Mácha in Vers 2 eigentlich *májový večer* (*Maienabend*) und nicht *večerní máj* (*abendlicher Mai*) hätte schreiben sollen, und weil er das Wort *Maienabend* nicht unterbringt, versetzt er die ganze Szenerie in die Nacht.[69] Wenn Mácha *Maiesnacht* (*májová noc*) richtig erschienen wäre, dann hätte der Rhythmus ihn nicht gehindert. Ich versuche Máchas Variation nachzuahmen und setze die Wörter *Abend* und *abends* in zwei verschiedene Versfüße. Da meine Formulierung *Abends der Mai war Liebeszeit* zwar den Sinn des Originals trifft (wörtl. *Der abendliche Mai – war Liebeszeit*), aber eher außergewöhnlich ist, verzichte ich auf den Gedankenstrich in Vers 2, um zusätzliche Irritation zu vermeiden.

Was ich in meiner Übersetzung auf jeden Fall und immer zu vermeiden versuche, ist eine falsche Wortstellung im Deutschen (6–8):

69 Argumentiert in Schamschula 2003, S. 282.

Schamschula 1983	Cikán 2012/20
Es log sein Leid der Blütenbaum;	*Und blühend log von Schmerz ein Baum,*
Der Seufzenden von Liebestraum	*Die Nachtigall sang ihren Traum,*
Die Nachtigall sang ihre Lieb' der Rose.	*Die Rose schwieg, sie seufzte bloß.*

Würde ich das Original nicht kennen, dann fiele es mir schwer festzustellen, dass Schamschulas *Der Seufzenden* zu *Rose* gehört.[70]

70 Schamschula 2003, S. 281–282 warf Babler vor, des Deutschen nicht völlig mächtig zu sein, weil der anerkannte polyglotte Übersetzer Babler tatsächlich zwar viel ins Tschechische, aber fast nichts ins Deutsche übersetzt hat. Zugleich meint Schamschula, dass Bablers Zugang zwar *lexikalisch genauer*, sein eigener aber der *phonästhetische* sei. Ich erlaube mir zu sagen, dass ich mit Babler zwar in vielen Dingen nicht einverstanden bin, dass aus seiner Übersetzung aber die Bemühung zu spüren ist, Mácha sowohl inhaltlich als auch *phonästhetisch* zu übertragen. Schamschula hingegen hält seinen Umgang mit dem Deutschen für den korrekteren, das Resultat ist m.E. aber ein unverständliches Übersetzerdeutsch, das weder vor der deutschen Grammatik noch den einfachsten Gesetzen der Metrik haltmacht. Zum Vergleich nur die ersten 4 Verse des II. Intermezzos, das Babler in korrekten vierhebigen Trochäen übersetzt und somit Máchas Klang übernimmt, während Schamschula unterschiedlich lange Jamben wählt, ohne aus dieser Freiheit auch nur den geringsten Vorteil für Ausdruck und Grammatik zu generieren (675–678):

Babler 1983:	Schamschula 1983:
Berg und Berg stehn sich entgegen,	*Die Berge stehen aufgereiht,*
überwölbt von graugespannten,	*Vom einen sich zum andern eine Wolke spannt,*
kuppelartig festgebannten	*Gehölt wie finstere Gewölbewand,*
Wolken, die sie fest belegen.	*Und Berg mit Berg sie fest verschränkt.*

Abgesehen davon, dass bei Babler die Wörter *entgegen* und *belegen* unpassend sind, ergibt sein Satz Sinn. Schamschulas Version ist dagegen ein Beispiel dafür, wie eine irrige Auffassung von poetischem Wohlklang geeignet ist, einen Dichter wie Mácha langfristig zu beschädigen.

Für Endreime gilt dasselbe wie für Alliterationen: Erstens sind Wörter in Reimposition hervorgehoben und müssen daher mit Bedacht gewählt werden. Zweitens müssen die Reime vom Klang her kontrastreich sein, damit eine Hervorhebung überhaupt stattfindet, und damit es schlicht und einfach gut klingt. Beim Übersetzen (oder Verfassen) längerer gereimter Passagen überlege ich zuerst, wie der Inhalt aussehen soll, und plane dann die Reimstrukturen vor. Sonst kann es passieren, dass man z.B. plötzlich einen Reim auf *-ein* braucht, aber kurz davor schon einer auf *-eien* und einer auf *-ei* steht. Drittens sind Reime dann interessant, wenn sie sinnbildend sind, wenn also die gereimten Wörter inhaltlich zusammenhängen. Einen solchen Reim, der sich durch den ganzen *Mai* zieht, bildet das Wortpaar *čas – hlas* (*Zeit – Stimme*).[71] Einerseits markiert die *Stimme* des Täubchens die *Liebeszeit*, andererseits misst die *Stimme* der *fallenden Tropfen* die verrinnende *Zeit* im Verlies. In so einem Fall muss man sich beim Übersetzen entscheiden, welches Reimwort das wichtigere ist. Ich bin überzeugt, dass es hier die *Zeit* ist, die im ganzen Gedicht ein zentrales Thema darstellt. Dieses Signal(reim)wort sollte also möglichst erhalten bleiben. Um einen wirkungsvollen Reim zu erreichen, führte ich für die *fallenden Tropfen* im Verlies ein neues Bild ein (408–409):

Mácha	Cikán (2012/20)
Hlubokou nocí kapky hlas	*Und wieder maß die Trockenheit*
Svým pádem opět měřil čas.	*Des Tropfenfalls die dunkle Zeit.*

Babler (1983)	Schamschula (1983)
in tiefer Nach der Tropfen Fall	*In dunkler Nacht des Tropfens Fall*
bemaß die Zeit mit seinem Schall.	*Mißt abermals die Zeit mit seinem Schall.*

71 Reime auf *čas*: 2–3, 129–130, 141–2, 234–6, 269–71, 277–80, 316–8, 323–4, 340–1, 408–9, 416–7, 462–3, 587–8, 669–70, 672–6, 726–7, 758–9, 775–6, 808–10, 822–3.

Natürlich stammt das Bild der *Trockenheit* des Tropfenfalls nicht aus dem Original. Ich denke dennoch, dass es sich um eine gute Übersetzungslösung handelt, da abgesehen von der Übernahme des Reimwortes *Zeit* eine harte Assonanz entsteht, die gerade für den zweiten Gesang, in dem das Geräusch des *Kettenklirrens* dominiert, wünschenswert zu sein scheint.

Eine klanglich und inhaltlich problematische Stelle ist die oben bereits zweimal erwähnte Passage über die Kindheit.[72] Máchas Verse würden sich problemlos übersetzen lassen:

Zbortěné harfy tón, ztrhané strůny zvuk
Geborstner Harfe Ton, zerrißner Saite Sang (665=804)
Vyhasla ohně kouř, slitého zvonu hlas
Erloschnen Feuers Rauch, geschmolzner Glocke Klang (679=808)

Und es wäre ja extrem wichtig, diese Oxymora genauso zu übernehmen: Eine zerrissene *Saite singt/klingt* eben nicht mehr, so wie die vergangene Kindheit für immer weg ist. Ich entschied mich aber nach langem Zögern, den für diese Passage typischen, treibenden Rhythmus zu übernehmen und musste die Partizipien des Perfekts also durch Präsenspartizipien ersetzen. Da die gerade genannten poetischen Bilder aber nicht allein stehen, sondern durch die *versunkene Stadt*, das *verloschene Licht*, die *toten Gestirne, die tote Geliebte, das vergessene Grab* usf. ergänzt sind, ergibt sich hoffentlich doch aus dem Zusammenhang, dass auch der Ton der *berstenden Harfe*, der Sang der *reißenden Saite* Bilder von etwas Vergangenem sind. In dieser Passage habe ich Máchas abgewandelte Alexandriner also eins zu eins übernommen.

72 S.o. S. 121, 130.

In reinen, tatsächlich jambischen Alexandrinern mit gut hörbarer Mittelzäsur und männlicher Kadenz sind die langsam erzählenden Verse 725–736 verfasst. Auch in dieser Passage übernehme ich das Versmaß, um das langsame Erzähltempo zu erreichen. Ab Vers 737 bis 756 dominiert dann die weibliche Kadenz, die das Tempo der Erzählung erhöht.[73] Obwohl Mácha auch da die Zäsuren einhält, erachte ich sie nicht als entscheidend und nehme mir die Freiheit, sie da und dort aufzulösen, um durch diese Freiheit eine genauere inhaltliche Übersetzung sowie einen möglichst guten Klang zu erreichen. So verfahre ich mit den Alexandrinern nicht nur in 737–756, sondern auch anderswo. Ein Grund dafür liegt darin, dass auch Mácha abgewandelte sechshebige Jamben ohne Mittelzäsur bildet, die sich aus einer Erweiterung des fünfhebigen Jambus ergeben (608–609). Außerdem wird der Alexandriner in der tschechischen Lyrik oft zu einem vierhebigen Daktylus umwandelt, in dem die Zäsur fast unhörbar ist, so auch bei Mácha:

— ◡ ◡ — ◡ ◡ — ◡ ◡ — ◡ —

Před Bohem pokořen v modlitbě tiché stál. (559)

Veškeren živý tvor mladistvý slaví máj. (512)

Alles Belebte bejubelt den jungen Mai. (512, Cikán 2012/20)

Anders übersetzt Babler im reinen Alexandriner:

◡ — ◡ — ◡ — | ◡ — ◡ — ◡ —

den jungen Mai besingt froh alle Kreatur. (512, Babler 1983)

73 Vgl. o. S. 132.

An Vers 512 sieht man wieder: Meine Übersetzung ist so gut wie wörtlich, die Wortstellung entspricht dem Original, das Reimwort bleibt erhalten, und der Vers enthält hell *jubelnde* Assonanzen »*b*«, »*j*«, »*l*«, kontrastiert mit »*t*«, die Vokalfarbe entwickelt sich vom kurzen »*a*« über das kurze »*e*« zu »*u*« und endet mit mit langem »*a*« in Mai.

Mein Ziel bestand insgesamt also darin, mithilfe der Übernahme und dezenten Adaptierung von Máchas rhythmischen Rafinessen, die eben auch in Freiheiten bestehen, eine Übersetzung zu schaffen, die sowohl inhaltlich als auch klanglich dem Original so nah wie möglich ist, damit das Gerede von der Unübersetzbarkeit Máchas (und somit des größten Teils der tschechischen Dichtung) endlich aufhört.[74] Es liegt mir persönlich am Herzen, dass das deutschsprachige Publikum, das Mácha vor mehr als 150 Jahren bereits in den ersten Übersetzungen schätzte, diesen großen Romantiker und Vorboten moderner Dichtung wieder kennenlernt, und zwar mit allem klanglichen Zubehör. Ich bin davon überzeugt, dass der zeitgenössischen deutschsprachigen Literatur eine Inspiration durch die tschechische Dichtungstradition gut täte, denn die Literatur kann meiner Ansicht nach nur dann überleben, wenn sie ihr ureigenes Medium, die Sprache, liebt und in allen möglichen Facetten nutzt. Handlung hinerzählen können Fernsehserien auch.

Es lebe die Muse!

74 Z.B. Jähnichen 2000, S. 133, Nezdařil 1985, S. 103, Eisner 1938 usf. usw.

Es gibt insgesamt acht bekannte, publizierte, vollständige Übersetzungen des *Mai* ins Deutsche, die vorliegende eingeschlossen. Auf die bereits erwähnte von Siegfried Kapper (1844)[75] folgte 1862 diejenige von Josef Ignaz Jarosch, der sich mit Künstlernamen Alfred Waldau (1837–1882) nannte. Diese beiden Übersetzungen übertragen Máchas vierhebige Verse in fünfhebige Jamben, was den Klang des Gedichts natürlich sehr verändert. Sowohl Kapper als auch Waldau waren jedenfalls Dichter und übersetzten in flüssigem Deutsch. Hier die ersten Verse in Kappers Übersetzung.

Spät Abend – erster Mai – ein Abendmai.
Es war die Zeit, um liebend zu durchirren
Den duft'gen Kieferhain, wo traut und treu
Zur Liebe lud der Turteltäubchen Girren.
Von Liebe flüstern rings[76] *die weichen Moose,*
Der Liebe Wehe log der Blüthenbaum,
Die Nachtigall sang Liebesklag' der Rose,
Verduftend still, ein glüher Liebestraum.
Der glatte See, in schatt'ger Büsche Kühle,
Vom Ufer rings umarmt mit stillem Sehnen,
Erbraus'te dumpf verhalt'ne Schmerzgefühle,
Indeß der Sonne Strahlen – Glutguirlanden –
Gen andre Welten irrend, hier verschwanden,
Um dort zu glüh'n, gleich heißer Liebe Zähren.

75 S.o. S. 113, 116.

76 Vielleicht sollte es *flüsterten* heißen, vgl. *vom Ufer rings* in Vers 10. Das Wort *rings* könnte sich in den Vers 5 eingeschlichen haben.

Die folgenden Übersetzer Bernhard Alois Rambousek (1871, publ. erst 2010), Karl Müller (1882) und Eduard Neumann (1933) übertragen den *Mai* in reinen Jamben, übernehmen also nicht die Freiheiten, die Mácha anbietet, und engen sich, ähnlich wie Babler (aber auch Schamschula), in ihren Ausdrucksmöglichkeiten ein. Professioneller Literat war unter den dreien nur Karl Müller.[77]

Eine verschollene Übersetzung, um die es wahrlich schade ist, stammt aus der Feder zweier *Fanatiker des dolmetschenden Wortes*, wie Pavel Eisner in der Prager Presse 1938 berichtet.[78] Die zwei waren Hans Schönhof und Otto Eisner. Pavel Eisner gibt auch einige Kostproben, die er zu Recht in den höchsten Tönen lobt. Eine davon stammt aus dem in reinen Trochäen verfassten Beginn des zweiten Gesangs (144–147):

Toter Stern, ein bleiches Glänzen,
sank vom hohen Himmelszelt;
fällt in Reiche ohne Grenzen
wo er ewig weiterfällt.

Die schlichte Formulierung *wo er ewig weiterfällt* ist wirklich beachtlich. Pavel Eisner berichtet von einer weiteren *niedlichen* Übertragung, die ihm handschriftlich vorlag, deren Urheber er aber nicht nennt.[79]

77 Einen Vergleich bieten Winter 2014, Uličný 2010, Jähnichen 2000, Donath 1937. Englische Übers. bespricht Rubáš 2018, englische und russische Rubáš 2011, ukrainische Melnyčenko 2006. Es ist ein Fluch, der auf Mácha lastet, dass der *Mai* in die meisten Sprachen entweder von begeisterten Tschechen o. von Wissenschaftlern übersetzt wurde – und nicht von Dichtern. Eine Ausnahme sind die Übers. ins Russische, s.u. Bibliographie S. 153. Zur Rezeption tsch. Literatur in Russland s. Malevič 2006.
78 Eisner 1938, S. 8.
79 Weitere unpubl. Übers. ins Deutsche s.u. Bibliographie S. 150–151.

Zum Abschluss habe ich ein paar Gedichte ausgewählt, die illustrieren, auf welche Weise Máchas Innovationen weitergesponnen wurden. Hier zum Vergleich mit Máchas zweitem Gesang ein lautmalerisches Gedicht des Symbolisten Karel Hlaváček (1874–1898), das auf eindrucksvolle Weise Finsternis und Ton miteinander verbindet:[80]

Es spielte wer Oboe, und er spielte jede Nacht,
Sobald es finster war, in Moll dasselbe Lied,
Und niemals hat er sich das Uferlicht entfacht,
Weil jedes Feuer doch erlischt, von dannen zieht.

Er spielte lang Oboe, nachts, auf nächtlichem Gestad,
Auf flachem Küstenstrich, der keine Schiffe fand.
Ob ers in seiner Angst, ob ers in Gleichmut tat?
War er ein leiser Hirt, ein König ohne Land?

Traurig klang die Oboe. Und die Luft hat tief gebebt
Und zärtlich und in Moll, im zögerlichen Lied …
Vom Wasser kam ihm stets der Klang zurückgeschwebt:
Vergeblich ist das Licht, weil es von dannen zieht.

Und hier der andere der beiden großen tschechischen Symbolisten, Otokar Březina (1868–1929):[81]

80 Hlaváček: *Spisy* (ed. Neumannová), Prag 1905, S. 89. Auch in Nezval 1937, S. 76–77. Hlaváček (im Kētos) ist für 2020 in Vorbereitung. Üb. Cikán unpubl.

81 Březina: *Mrtvé mládí* (*Tote Jugend*) aus der Samml. *Geheimnisvolle Weiten*, Tsch./Dt. in (Kētos) 2019, Nr. III, S. 20–23.

[...] *Der Himmel ließ im Spiel sich Lichtordnungen bauen,*
goß magisch Sterne aus ins stumme Naß der Zeit,
und dort, im Sarg aus Glas, wie Körper heilger Frauen,
lag meine Jugend in des Frühlings Leichenkleid.

Rosiger Traumstaub war ins Antlitz ihr gedrungen,
mein Tränenschmuck verband in ihres Leibes Schein
sich ihr zum Diadem, und mit Erinnerungen
lauterer Düfte balsamierte ich sie ein.

Vom Rosentuch bedeckt, das mir der Morgen webte,
rief warm die tote Lust, die unverblüht sich wiegt,
der längst erloschne Kuß, der unverbrannt entschwebte,
die Hitze langen Blicks, die kalt im Herzen liegt;

der Trauben bittres Blut, deß Drang ich nie getrunken,
und der Umarmung Glut, vom Denken ausgekühlt,
verwehter Blüten Schnee, der in den Schoß gesunken
mir in der Hand verwelkt, sobald sie ihn berührt;

der Blick des Morgenlichts, der mich niemals gerötet,
das Regenbogenbad, deß Tau ich nicht genoß,
versunkner Tage Weiß, das Zeit zu Nächten tötet,
wie jede klare Nacht ein trüber Tag durchfloß,

all dies ist da entbrannt in meiner Seele, schaudernd
in Klängen toter Hoffnung, wehklagend und rauh;
an der geraubten Jugend Leichnam stand ich zaudernd,
als Liebhaber, der wacht bei einer toten Frau.

Genau wie in Máchas oben zitierter Passage über die Kindheit (797–810) folgt auf eine Einleitung, in der das Thema (die Jugend) genannt ist, eine lange Bilderfolge, die mit der Rückkehr zum Thema abgeschlossen wird. Auch Březinas Bilder können teils als Oxymora bezeichnet werden: *der längst erloschne Kuß, der unverbrannt entschwebte, | die Hitze langen Blicks, die kalt im Herzen liegt.*

Auf etwas andere Weise arbeitet Březina mit Oxymora im Gedicht *Návštěva* (*Besuch*). Hier zwei Strophen daraus:[82]

[...]
Da sah ich sie, meine Seele, vor Jugend errötet, erbeben,
sie stieg in den graueren Dunst meines Morgengrauens hinaus;
vergessenes Kind, das spielt vor dem Sturm, das ein Lächeln zu heben
versucht an der Schwelle vorm verschlossenen Haus.

Sie war fröhlich, ein Kranzmädchen vor dem Begräbnis, im weißen Schleier
und glücklich, wie im Haus, wo es brennt, der Atem der Schlafenden geht,
jungfräuliche Braut im Gebet vor dem Tag ihrer Hochzeitsfeier,
die an den Betten der Sterbenden steht.
[...]

Die Seele als vergessenes Kind, das vor einem verschlossenen Haus zu lächeln versucht? Fröhlich wie ein Kranzmädchen vor dem Begräbnis? Glücklich wie der Atem der Schlafenden in einem brennenden Haus? Das sind keine logischen Beschreibungen, sondern höchst traumartige Bilder. Das Hauptthema rückt in den Hintergrund und lässt den Bildern Raum sich zu entfalten: mit Nezval gesprochen ein *multithematisches Gedicht.*

82 Březina: *Geheimnisvolle Weiten*, (Kētos) 2019, Nr. XXI, S. 96–97. Aufgenommen in Nezval 1937, S. 63–64.

Da wir Máchas Dichtung durch die Brille von Vítězslav Nezval betrachtet haben, ist es an der Zeit, zu sehen, wie er mit Bildern umgeht:[83]

Nacht schwärmte ihren Bienentau aufs Obst der Gärten aus
schuf aus dem Kathedralengold sich einen Türmchenstrauß
die Macht der Dämme aus Porphyr gigantische Kanonen
versteinerten der Höfe Schein um Luna zu vertonen
Palastgedröhn und Fensterschlagen ewig alter Staub
zerbrachen wie der toten Sonne aufgebahrtes Laub
in hundert Erkern ließen schwarz Klaviere sich erahnen
und weiße Nonnen schwanden zwischen Blüten von Lianen
Ein kleines Glöckchen klang im Schlaf es klingelte und kreischte
ich sah die viele Schönheit nicht nach welcher blind ich heischte
ein Schlafwandler der über weiten Ozeanen klagt
auf schmalem Dach aus dem der Strahl des Blitzableiters ragt [...]

Das ist freilich eine andere Art der Beschreibung eines Naturschauspiels als der Beginn des *Mai*. Nezval arbeitet in diesem Gedicht auch extrem lautmalerisch. Der Beginn des Verses *Ein kleines Glöckchen* usf. hört sich bei Nezval so an: *Zněl zvonek klinkal ospale* usf.: auf die Alliteration des »*z*« folgt eine dreifache Assonanz des »*k*«, wobei zwei »*k*« unmittelbar aufeinander folgen. Die ersten drei Verse sehen bei Nezval so aus:

Noc *vyrojila zlatý* **ú***l nad sady večer***ů**
*nad věžičkami katedr***á***l a atelier***ů**
a **moc***né hr***á***ze z porfyr***u** *a gigantická děla*
*se rozléhala v n***á***dvo***ří***ch jež lunou zkameněla*

83 Nezval: *Básně Noci* (*Gedichte für die Nacht*), Prag 1930. Üb. Cikán unpubl.

Herrlich ist in den ersten beiden Versen das dreifache, lange, tiefdunkle »*ů/ú*«, einmal vor der Zäsur und zweimal im Reim, das mit dem nicht minder dunklen langen »*á*« vor der Zäsur des zweiten Verses kontrastiert ist. Vor der Zäsur des dritten Verses stehen lauter kurze Silben: *z porfyru*, aber das lange »*á*« wiederholt sich im Fuß davor: *hráze*. Und vor der Zäsur des vierten Verses steht plötzlich ein helles langes »*í*«. Ebenso beachtenswert ist die Assonanz *Noc–mocné* an den Versanfängen 1 und 3. Das ist eine Technik, die von Mácha stammt, und aus der diese typisch tschechische Art eines surrealistisch poetistischen Gedichts resultiert.

Die anderen Poetisten/Surrealisten wie František Halas (1901–1949), Vladimír Holan (1905–1980) und Jaroslav Seifert (1901–1986) übergehe ich an dieser Stelle aus dem schlichten Grund, weil ich noch keine passenden Übersetzungen vorrätig habe.[84]

Ein zeitgenössischer Dichter, der viel aus Mácha schöpft, ist J.H. Krchovský.[85] Doch auch wer banalste zeitgenössische tschechische Bestseller-Prosa gern hat, sollte Mácha kennen, weil in der tschechischen Literatur an Mácha einfach kein Weg vorbeiführt.

Illustrationen

Die Illustrationen des Prager Bühnenbildners Antonín Šilar (*1986) zum vorliegenden Band stammen schon aus der Erstauflage meiner Übersetzung 2012. Interessant ist an ihnen das Motiv der Spiegelung, das die Wasseroberfläche des Sees nachempfindet und nebenbei auch auf die Zweisprachigkeit dieser Ausgabe bezugnimmt. Antonín Šilars Porträt von Karel Hynek Mácha, das den vorliegenden Band eröffnet, ist im

84 Vgl.o. Anm. 49.

85 S. Cikán im Nachw. zu Krchovský (Kētos) 2019, S. 90–91 und ders. im Nachw. zu Krchovský (Kētos) 2020, S. 77–79.

Vergleich zu den bisherigen künstlerischen Ansätzen durchaus außergewöhnlich. Über Máchas Aussehen wissen wir, dass er sehr stattlich und von außerordentlich guter Kondition war, die es ihm etwa ermöglichte die Strecke von Leitmeritz nach Prag über Nacht im Laufschritt zurückzulegen. Šilar malt keinen zarten Jüngling, der an einem Fliederbusch riecht, wie es Máchas Statue von Josef Václav Myslbek (1848–1922) auf dem Prager Petřín tut, sondern einen gefährlich wirkenden, testosterongeladenen *Räuberhauptmann*, vielleicht auch Revolutionär, dessen Feinfühligkeit durch das *leichte Lächeln im Blick* (813) und die märchenhafte Blätterkulisse angedeutet ist. So verbindet Šilar Máchas gefährliche Züge, die aus dessen Tagebüchern und Briefen bekannt sind, mit dem Bild, das das Gedicht *Mai* vermittelt. Einen ähnlichen Zugang wählte Max Švabinský (1873–1962) mit seinem Mácha-Porträt aus 1907.

Mit dem Porträt und den Illustrationen steht Šilar in einer fast endlosen Reihe von Künstlern, die Mácha auf unterschiedlichste Art und Weise interpretiert haben. Über Máchas Aussehen wurde viel geforscht, zuerst schöpfte man aus Erinnerungen seiner Bekannten, nach seiner Exhumierung 1938 wurden seine Knochen vermessen.[86] Das erste Porträt Máchas von Josef Farský (1826–1889), das als Frontispiz des *Almanach Máj*[87] verwendet wurde, und von dem zahlreiche andere Porträts abgeleitet sind, beruht auf dem Altarbild Johannes des Täufers von František Mašek (1790–1862) in der Kapelle der Burg Valdštýn u Hrubé Skály (Waldstein bei Groß Skal) aus dem Jahr 1837. Die Annahme, dass Mácha für Mašek Modell gestanden haben soll, gilt aber als widerlegt.[88] Auf der Vermessung von Máchas Schädel beruht wiederum die Bronzebüste

86 Malý / Novotný 1939, S. 31–45 und passim, Prokop 2010, S. 74.

87 S.o. Anm. 52.

88 Neuer ist die Wiederentdeckung eines Porträts von Johann Zacharias Quast (1814–1891), s. Wágner 1996, S. 4.

von Milan Knobloch (*1921). Große Bekanntheit genießt das Porträt von Jan Zrzavý (1890–1977), dessen weiche Kohlezeichnungen zum *Mai* zu den prägendsten Illustrationen gehören.[89] Die ersten, an Abbildungen zu Schauerromanen erinnernden Illustrationen stammen von Bohuslav Kroupa (1838–1912).[90] Romantisch gehalten sind die Federzeichnungen von Mikoláš Aleš (1852–1913).[91] Von den symbolistisch-expressionistischen Illustratoren sind Jan Konůpek (1883–1950)[92] und František Kobliha (1877–1962)[93] zu nennen. Unter den Surrealisten nahmen sich Toyen (1902–1980), Bohdan Lacina (1912–1971), Václav Zykmund (1914–1984) und Jindřich Štýrský (1899–1942) des *Mai* an. Abstrakte Illustrationen stammen zum Beispiel von Jaroslav Šerých (1928–2014), Jan Koblasa (1932–2017) und Zdeněk Sýkora (1920–2011).[94]

Schlussbemerkung

Du bind mich an den Mast mit unverstopften Ohren,
Flicht meinen Leib ins Rad und dreh nicht mehr daran,
Bis Schweigen, Stille, Nichts mein Trommelfell durchbohren,
Und deines Wortes Klang nicht mehr entweichen kann.

Ondřej Cikán, Ottakring, am 16.2. 2020

89 Mácha: *Máj*, Prag 1924.
90 Mácha: *Máj*, Prag 1865, 1881.
91 Mácha: *Máj*, ed. E. Svoboda und A. Vyskočil, Prag 1936.
92 Unterschiedliche Ill. in Mácha: *Máj*, Prag, Brož 1910 und Kladno 1940.
93 Mácha: *Máj*, Prag, Picka 1953.
94 Mácha: *Máj*, jeweils Prag 1965, 1995, 2003. S. Bibliographie von 329 tschechischen und 68 fremdsprachigen Ausg. von Máchas *Mai* samt Angaben zu Illustrationen in Mácha (ed. Charypar, DVD) 2019.

Bibliographie

Grundlegende Ausgaben

Máj, Prag 1836 (Erstausgabe).

Spisy [*Schriften*], ed. Karel Janský, Karel Dvořák, Rudolf Skřeček, Prag, 3 Bd.: 1959, 1961, 1972 (grundlegende krit. Gesamtausg. Máchas, *Máj* in 1959).

Máj, ed. Michal Charypar, Jiří Flaišman, Michal Kosák, Prag 2019 (kritische Edition auf beigelegter DVD).

Übersetzungen des *Máj* in Fremdsprachen

Als Grundlage diente die Bibliographie, die am Institut für Translatologie der Philosophischen Fakultät der Karlsuniversität im Rahmen des Projekts *Máchův Máj v překladech* unter der Leitung v. Stanislav Rubáš erstellt wurde. Ausgelassen wurden Teilübersetzungen in andere Sprachen als Deutsch. Abgeglichen wurde die Bibliographie mit derjenigen aus Mácha (ed. Charypar DVD) 2019. Der Verlag wird nur bei besonders schwer auffindbaren Publikationen angegeben.

I. Deutsch

Ia. – vollständige und publizierte Übersetzungen

Karel Hynek Mácha's Mai, üb. Siegfried Kapper, in: Libussa 3, Jahrbuch für 1844, Prag 1843, S. 97–124.

Mai – Romantische Dichtung, üb. Alfred Waldau in ders.: *Karl Hynek Mácha's ausgewählte Gedichte*, Prag 1862, S. 43–86.

Der Mai, üb. Bernhard Alois Rambousek, unpubl. 1871, in: *Mácha / Rambousek: Máj. Der Mai*, ed. L. Novosad, M. Uličný, A. Winter, Prag 2010.

Karel Hynek Mácha: *Mai. Lyrisch-romantisches Gedicht*, üb. Karl Müller, Leitmeritz 1882.

— *Der Mai. Romantisches Gedicht*, üb. Eduard Neumann, Karlsbad 1933, ²1933, ³1936, ⁴1937 u. bibliophil Dresden ⁵2006.

— *Máj*, üb. Otto F. Babler, maschinenschriftl. 1975, in: *K.H. Mácha: Máj*, Köln / Wien 1983, dann in N. Drubek-Meyer (ed.): *K.H. Mácha: »Die Liebe ging mit mir ...«*, München 2000, S. 209–242.

— *Máj*, üb. Walther Schamschula in: *Máj*, Köln / Wien 1983 und in *Máj – Mai*, Prag 2006.

— *Mai*, üb. Ondřej Cikán, Wien 2012 u. Wien / Prag ²2020.

Ib. Teilübersetzungen

1. Intermezzo des *Mai*, üb. anon. [s. Charypar 2018, S. 17], in: Unser Planet 7, Nr. 174 vom 21.7. 1836, S. 693–694 [in: Mácha (ed. Charypar, DVD) 2019, Č1.

Maj [Verse 1–36], üb. Petar Preradović, ca. 1836–37, in B. Vodnik (ed.): *Djela Petra Preradovića*, Bd. II, Zagreb 1919, S. 293-296.

Jarmila [1. Gesang], üb. Bartoloměj R. Leitner, in: Moravia 8, Nr. 14 vom 1.2. 1845, S. 53–53, .

Erstes Intermezzo und die letzten 74 Verse, üb. Eduard Albert, in ders. (ed.): *Poesie aus Böhmen*, Wien 1893.

Mai [Verse 1–36], üb. Berthold Schuh, in ders. (ed.), *Das Fenster einen Spalt breit geöffnet*, Furth im Wald 1999.

Ic. Unpublizierte bzw. verschollene Übersetzungen

Üb. Klemens Ritter von Weyrother, laut *Urbánkův věstník bibliografický* 1882, S. 142, vielleicht Irrtum.

Üb. Helena Grmela, Manuskript, Literaturarchiv PNP, Nachlass Jan Grmela.

Üb. »P. Heller«, laut Donath 1937, S. 339, Anm. 4.

Üb. Hans Schönhof und Otto Eisner, laut Pavel Eisner 1938.

II. Bengalisch

কারেল্ হাইনেক্ মাখা: মে [K.H. Mākhā: *Mē*], üb. শিবপ্রসাদ বিশ্বাস [Śibprasād Biśvās], [Kalkutta 1963]. Kopie am Inst. für Translatologie d. Karsluniv.

III. Bulgarisch

Карел Хинек Маха: Май [Karel Chinek Macha: *Maj*], üb. Емил Георгиев u. Симеон Русакиев [Emil Georgiev, Simeon Rusakiev], Sofia 1939, ^{2}1947.

— Май, üb. Жоржета Чолакова [Žoržeta Čolakova], Plovdiv / Prag 1993, Sofia ^{2}2000 und in dies. et al. (ed.): Карел Хинек Маха: Ізбрано [*Izbrano*], Sofia ^{3}2013, S. 211–240.

— Май, üb. Атанас Звездинов [Atanas Zvezdinov] Sofia 2004, ^{2}2010.

IV. Chinesisch

马哈: 五月 [Măhā: *Wǔyuè*], üb. 杨熙龄 [Yáng Xīlíng], 人民文学出版社 / People's Literature Publishing House, Peking 1960.

马哈: 五月 [Măhā: *Wǔyuè*], üb. 蒋承俊 [Jiăng Chéngjùn], 社会科学文献版社 / Social Sciences Academic Press, Peking 1996.

V. Englisch

Karel Hynek Mácha: *May*, üb. Roderick A. Ginsburg, Chicago 1932.
— *May*, üb. Hugh Hamilton McGoverne, Prag 1949, London ²1957.
— *May*, üb. Edith Pargeter, Prag 1965.
— *May*, üb. William E. Harkins, in L. Matějka (ed.): *Cross currents* 6, Univ. of Michigan, Ann Arbor 1987, S. 483–504 und Charleston 2012.
— *May*, üb. James Naughton im Jahr 2000, Online-Publikation der Univ. Oxford: czech.mml.ox.ac.uk [ges. 15.2. 2020].
— *May*, üb. Marcela Sulak, Prag 2005.

VI. Esperanto

Karel Hynek Mácha: *Majo*, üb. Tomáš Pumpr, Prag 1997.
— *Majo*, üb. Josef Rumler, 2 Bd., Prag 1999.

VII. Französisch

Karel Hynek Mácha: *Mai*, üb. Hanuš Jelínek und Jean Pasquier, in: Poésie – Cahiers mensuels illustrés 16, 1936, Nr. 10–11.
— *Mai*, üb. Charles Moisse, Prag 1965, zuvor in Zdeněk Zahradník: *Melodram na báseň Karla Hynka Máchy – Klavírní výtah* [*Melodram zum Gedicht K.H. Máchas – Klavierauszug*], Prag 1964.
— *Mai*, üb. Xavier Galmiche, in ders. (ed.): *Karel Hynek Mácha: Pèlerin et brigand de Bohême: Oeuvres choisies*, Cauroge / Genf 2007, S. 240–271.

VIII. Italienisch

Karel Hynek Mácha: *Máj, poemetto romantico*, üb. Riccardo Selvi, Rom [1934].
— *Maggio*, üb. Ettore Lo Gatto, Florenz 1950.
— *Maggio / Máj*, üb. Alessandra Mura, Venedig 2013.

IX. Japanisch

カレル・ヒネク・マーハ: 皐月 [K.H. Māha: *Satsuki*], üb. 小野裕康 [Ono Hiroyasu], in: Zpravodajství Japonské společnosti bratří Čapků [Nachrichten der Japanischen Gesellschaft der Gebrüder Čapek] 2008, Nr. 17, zugänglicher als E-book in 浦井康男 [Urai Yasuo] (ed.): *Karel Hynek Mácha: Máj*, zweispr. Ausg. mit Vokabelverzeichnis, Gaiken Press 2018.

X. Kroatisch

Karel Hynek Mácha: *Maj*, üb. Dubravka Dorotić Sesar, in dies. (ed.): *Iz češke preporodne poezije*, Zagreb 1996 u. in D. Karpatský (ed.): *Zlatna knjiga češkogo pjesništva*, Zagreb 2003, S. 146–170.

XI. Makedonisch

Карел Хинек Маха: *Maj* [Karel Chinek Macha: *Maj*] üb. Donka Rous, Skopje 2010.

XII. Polnisch

Maj. Poemat Karola Ignacego Machy, üb. Bronisław Malecki, in Biblioteka warszawska 1855, Bd. IV, S. 511–535.

Karel Hynek Mácha: *Maj*, üb. Józef Waczków, Warschau 1971.

XIII. Rumänisch

Mai, üb. Anca Irina Ionescu und Alexandra Toader, in A.I. Ionescu (ed.): *Karel Hynek Mácha: Pagini Alese*, Bukarest 2015, S. 55–87.

XIV. Russisch

К. Маха: Май [K. Macha: *Maj*], üb. Дорофей Дорофеевич Бохан [Dorofej Dorofejevič Bochan] in Fortsetzungen erschienen in: Наша жизнь [Naša Žizn'], Vilnius, 1930, S. 159–178, .

Карел Гинек Маха: Май [Karel Ginek Macha: *Maj*], üb. Евгений Недзельский [Jevgenij Nedzeľskij], Užhorod 1936.

— Май, üb. Владимир Луговской u. Александр Големба [Vladimir Lugovskoj u. Aleksandr Golemba], in Л.С. Кишкин [L.S. Kiškin] et al. (ed.): Антология чешской поэзии XIX–XX веков [*Antologija češskoj poėzii XIX–XX vekov*], Bd. I, Moskau 1959, S. 181–244.

— Май, üb. Давид Самойлов [David Samojlov] in Карел Гинек Маха: Избранное [*Izbrannoe*] Moskau 1960 u. in: К.–Г. Маха / К. Гавличек Боровский: Там, за туманом, край родной [K.–G. M. / K. Gavliček Borovskij (Karel Havlíček Borovský): *Tam, za tumanom, kraj rodnoj*], Moskau 1982.

XV. Schwedisch

Karel Hynek Mácha: *Maj*, üb. Alfred Jensen, in: *Ur Böhmens moderna Diktning*, S. 21–62, Göteborg 1894.

XVI. Slowakisch

Karel Hynek Mácha: *Máj*, üb. Ján Kostra, Pressburg 1963 sowie in Ján Kostra: *Preklady*, Pressburg 1982.

XVII. Slowenisch

Karel Hynek Mácha: *Maj*, üb. Ivan Lah, in F. Hešič (ed.): *Slovanski spomini in jubileji*, Laibach 1991, S. 42–62 sowie in Ivan Lah (ed): *Češka antologia I.*, Laibach 1922, S. 193–218.

— *Maj*, üb. Tine Debeljak, Laibach 1939.

— *Maj*, üb. Dušan Ludvik in ders. (ed.): *Mácha* (*Zbirka lirika*), Laibach 1970, S. 22–65 u. in M. Pohorský, M. Lipoglavšek (ed.): *Karel Hynek Mácha: Maj / Máj*, Laibach 2013.

XVIII. Sorbisch

Karel Hynek Mácha: *Máj / Meja*, üb. Roža Domaščyna, Prag / Bautzen 2010.

XIX. Spanisch

Karel Hynek Mácha: *Mayo*, üb. Clara Janés, Altea 1996, [2]1998 und in Poesía Bd. 26, [3]2016.

— *Máj / Mayo*, üb. Miloslav Uličný, Prag 2010.

XX. Ukrainisch

Карел Гінек Маха: Май [Karel Hinek Macha: *Maj*], üb. Юрій Дараган [Jurij Darahan], [nur Gesänge 1–2] in Нова Україна [Nova Ukrajina, Prag] 1925, S. 78–81, 1926, S. 38–39.

— Май / *Máj*, üb. Федор Балицкий [Fedor Balyckyj], Prag 1939.

— Травень [*Traven'*], üb. Анатолій Хоренков [Anatolij Chorenkov], Kiew 1997.

— Май, üb. Ігор Мельниченко [Ihor Meľnyčenko] in ders. (ed.): Далека путь моя, та марний поклик… [*Daleka put' moja, ta marnyj poklyk…*], Kiew 2003, S. 155–182.

XXI. Ungarisch

Karel Hynek Mácha: *Május*, üb. György Végh, Pressburg 1959, Budapest [2]1961.

— *Május*, üb. Efraim Israel, in ders. u. T. Berkes (ed.): *Karel Hynek Mácha: Holtak gondolata*, Pressburg 2000.

XXII. Weißrussisch

Карэл Гінэк Маха: Май [Karel Ginek Macha: *Maj*], üb. Макс Шчур [Maks Ščur] in Дзеяслоў [Dziejasloŭ] No. 5 (48), Minsk 2010, S. 131–142.

***

Erwähnte Ausgaben u. Übersetzungen Máchas (abg. von denen o. S. 150)

Alena Wildová-Tosi: *Un poeta romantico ceco: Prose autobiografiche di K. H. Mácha*, Venedig 1976.

Karel Hynek Mácha: *Briefe im Feuer – Auswahl von Briefen*, üb. O. Cikán, Wien / Prag 2019.

Miloš Pohorský: *Intimní Karel Hynek Mácha*, Prag 1993.

Pavel Vašák: *Šifrovaný deník Karla Hynka Máchy*, Prag 2007.

Zitierte Fachliteratur

Tamás Berkes: *Romantika (»romantismus«) Karla Hynka Máchy v komparatistickém pohledu středoevropských literatur* [*Romantik (»Romantismus«) KHMs in komparatistischem Blick mitteleuropäischer Literaturen*], in Piorecký (ed.) 2010, S. 71–83.

Bohuslav Brouk: *Máchův kult* [*Mácha-Kult*], in V. Nezval (ed.) 1936, S. 77–81.

Ludmila Budagova: *Karel Hynek Mácha a český surrealismus* [*KHM und der tschechische Surrealismus*], in Piorecký (ed.) 2010, S. 49–59.

František Černý: *Máchův pokus o ›společnou píseň‹ Čechů* [*Máchas Versuch eines ›gemeinsamen Liedes‹ der Tschechen*], in P. Vašák (ed.) 1986, S. 211–230.

Miroslav Červenka: *Polymetrie Máje*, in: *MO* [Festschrift für Mojmír Otruba], S. 132–174 (dig.), Prag 1983 und in M. Červenka, K. Sgallová (ed.): *Z večerní školy versologie. Polymetrie. Metrika překladu.* [*Aus der Abendschule der Versologie. Polymetrie. Metrik der Übersetzung.*] Prag 1995, S. 7–33.

Miroslav Červenka: *Máchovo místo ve vývoji českého verše*, in: Česká literatura 46, Nr 5, 1998, S. 482–489.

= ders.: *Máchas Stellung in der Entwicklung des tschechischen Verses*, in Schmid (ed.) 2000, S. 146–152.

Miroslav Červenka: *Kapitoly o českém verši* [*Einige Kapitel über tschechische Versmaße*], Prag 2006.

Michal Charypar: *Prameny Máchova Máje* [*Quellen v. Máchas Mai*], Prag 2018.

Matteo Colombi / Stephan Krause: *Romantische Klassiker – Figuren des Überschusses? Eine bohemistisch-hungarologische Annäherung*, in Paula Wojcik et al. (ed.): *Klassik als kulturelle Praxis*, Berlin 2019, S. 171–204.

Pavel Eisner: *Zur Translatur des »Máj«*, in Prager Presse 18, Nr. 153 vom 16.6. 1938, S. 8.

Pavel Eisner: *Na skále* [*Auf dem Felsen*], Prag 1945.

Oskar Donath: *Německé překlady Máchova Máje* [*Deutsche Übers. von Máchas Mai*], in: A. Novák (ed.), *K. H. Mácha. Osobnost, dílo, ohlas* [*KHM. Persönlichkeit, Werk, Reaktionen*], Prag 1937, 327–340.

Veronika Faktorová: *Mácha jako součást i problém české (národní) kultury* [*Mácha als Teil und Problem der tschechischen (National-)Kultur*] in D. Tureček et. al. (ed.): *KHM 1810-2010. Dvě století české kultury s Máchou* [*KHM 1810-2010. Zwei Jahrhunderte tschechische Kultur mit Mácha*], Prag, 2010, S. 80–123.

Veronika Faktorová: *Kontury máchovského mýtu* [*Konturen des Mythos Mácha*], in: Poznańskie Studia Slawistyczne 1, 2011, S. 51–60.

Stanislava Fedrová (ed.): *Otázky českého kánonu* [*Fragen zum tsch. Kanon*], Prag 2006.

Otokar Fischer: *K.H. Máchas deutsche Anfänge und der Kreis um Alois Klar*, Xenia Pragensia, Sonderdruck 1929.

Xavier Galmiche: *Lehkost a hloubka: Mácha v kontextu středoevropského neosternismu: K »Doslovi« ke Křivokladu* [*Leichtigkeit und Tiefgang: Mácha im Kontext des mitteleuropäischen Neosternismus: Zum »Nachwort« zu Křivoklad*], in Piorecký (ed.) 2010, S. 61–69.

Aleš Haman / Radim Kopáč (ed.): *Mácha Redivivus*, Prag 2010.

Manfred Jähnichen: *Zu den Versuchen, Máchas Máj ins Deutsche zu übertragen*, in: Herta Schmid (ed.) 2000, S. 133–145.

Roman Jakobson: *K popisu Máchova verše*, [*Zur Beschreibung von Máchas Versmaßen*] in J. Mukařovský (ed.): *Torso a tajemství Máchova díla* [*Torso und Geheimnis von Máchas Werk*], Prag 1938, S. 207–278, Nachdruck in: M. Červenka (ed.): *Poetická funkce* [*Poetische Funktion*], Jinočany 1995, 427–476.

Karel Janský: *Karel Hynek Mácha ve vzpomínkách současníků* [*KHM in Erinnerungen seiner Zeitgenossen*], Prag 1958.

Radim Kopáč: *Kterak Ignác Mácha svou Lori pical a též onanii tropil a co z toho pro dnešního čtenáře vzešlo* [*Welchgestalt Ignaz Mácha seine Lori geschustert und Onanie getrieben und was daraus für den heutigen Leser hervorging*], in Haman / Kopáč (ed.) 2010, S. 279–290.

Vladimír Křivánek: *Máchovský rodokmen české lyriky* [*Máchas Stammbaum der tschechischen Lyrik*], in Piorecký (ed.) 2010, S. 13–25.

Oleg Malevič: *Dobrodružství české literatury v Rusku* [*Abenteuer der tsch. Literatur in Russland*], in Fedrová (ed.) 2006, S. 114–132.

Jiří Malý / Miloslav Novotný: *Návrat Karla Hynka Máchy* [*Rückkehr KHMs*], Prag 1939.

Igor Melnyčenko: *Recepce Máchova díla na Ukrajině*, [*Rezeption von Máchas Werk in der Ukraine*] in: Fedrová (ed.) 2006, S. 165–169.

Holt Meyer: Nachwort zu Drubek-Meyer (ed.): *Karel Hynek Mácha: »Die Liebe ging mit mir...«*, München 2000, S. 395–423.

Bohumír Mráz: *Karel Hynek Mácha: Hrady spatřené* [*Gesehene Burgen*], Prag 1988.

Jan Mukařovský: *Máchův Máj. Estetická studie* [*Máchas Mai. Ästhetische Studie*], Prag 1928.

Vítězslav Nezval (ed.): *Ani labuť ani Lůna* [*Weder Schwan noch Luna* bzw. im Versmaß: *Kein weißer Schwan und keine Luna*], Prag 1936.

Vítězslav Nezval: *Moderní básnické směry* [*Moderne Strömungen der Dichtung*], Prag 1937.

Mojmír Otruba: *Návrh na textovou emendaci Máje ve v. 349* [*Vorschlag zur Textemendation des Mai in Vers 349*], in Česká literatura 40, 1992 Nr. 4, S. 414–5.

Karel Piorecký (ed.): *Máchovské rezonance* [*Máchas Resonanzen*], Prag 2010.

Petr Píša: *»Jsme spolu tak zadobré, že mi slíbil, abych se nestaral, že tomu pomůžeme a že projde.« Cenzura díla Karla Hynka Máchy* [*»Wir verstehen uns so gut, daß er mir versprach, dem zu helfen und daß es durchgeht.« Zensur des Werks KHMs*], in Česká literatura 66, 2018, S. 34—69

Miloš Pohorský: *Český romantismus v evropském kontextu* [*Tschechischer Romantismus im europäischen Kontext*], in Česká literatura 26, 1978, S. 1–9.

Dušan Prokop: *Kniha o Máchově Máji* [*Buch über Máchas Mai*], Prag 2010.

Robert B. Pynsent: *Mácha, the Czech National Poet*, in M. Cornis-Pope, J. Neubauer, (ed.): *History of the Literary Cultures of East-Central Europe IV: Types and Stereotypes*, Amsterdam / Philadelphia 2010, S. 56-85.

Stanislav Rubáš: *The Image of their Muse – The pinnacle of Czech Poetry with a Western and Eastern Touch*, in Acta Universitatis Carolinae Philologica 2, Translatologica Pragensia 2011 = *Translating beyond East and West*, Prag 2012, S. 167–188.

Stanislav Rubáš: *Levého máchovské studie a nový anglický překlad »Máje«* [*Levýs Mácha-Studien und eine neue Übers. des »Mai«*], Acta Universitatis Carolinae Philologica 2, Translatologica Pragensia 2018, S. 81–89.

Walther Schamschula: Rezension zu Mácha: *»Die Liebe ging mit mir...«*, München 2000 [*Mai*: üb. Babler], in Bohemia 44, S. 279–283.

Herta Schmid (ed.): *Kapitel zur Poetik Karel Hynek Máchas*, München 2000.
Wolfgang F. Schwarz: *Zur Entwicklung der Ästhetik des Widersprüchlichen: Mácha – Barock – Seifert und die moderne tschechische Dichtung*, in Schmid (ed.) 2000, S. 13–28.
Květa Sgallová / Robert Ibrahim: *Máchův jamb a prostředky zeslabování konfliktu jazyka a metra* [*Máchas Jambus und Mittel zur Abschwächung des Konflikts zwischen Sprache und Metrum*], in K. Sgallová: *O českém verši* [*Über tsch. Versmaße*], Prag 2015, S. 120–126.
Alexandr Stich 1986: *Máchův Vilém a soudobá česká literatura* [*Máchas Wilhelm und die zeitgenössische tsch. Literatur*], in P. Vašák (ed.) 1986: S. 155–186
Dmitrij Tschižewskij: *Zu Máchas Weltanschauung*, in ders.: *Kleinere Schriften*, Bd. 2, München 1972, S. 240-286.
Ludger Udolph: *Erbens Kritik an Máchas ›Nihilismus‹*, in Schmid (ed.) 2000, S. 74–79.
Miloslav Uličný: *Vedlejší efekt. Mácha's Mai* [*Nebeneffekt*], in Plav 2010 Nr. 1, S. 49-54.
Pavel Vašák: *Roviny Máchovského zápasu*, in Česká literatura 27, 1979, Nr. 3, S. 228–241.
Pavel Vašák: *První překlad Máchova díla* [*Erste Übers. von Máchas Werk*], in Česká literatura 28, Nr. 6, 1980, S. 596-600.
Pavel Vašák: *Malé povídání o uvozovkách* [*Kleine Plauderei über Anführungszeichen*], in Kmen 1, 1982, Nr. 25, S. 2.
Pavel Vašák: *Mácha a geneze májovců* [*Mácha und die Genesis der Májovci*], in Česká literatura 32, Nr. 1, 1984, S. 45–71.
Pavel Vašák (ed.): *Prostor Máchova díla* [*Raum von Máchas Werk*], Prag 1986.
Pavel Vašák: *Literární pouť Karla Hynka Máchy* [*Literarischer Weg des KHM*], Prag ²2004.
István Vörös: *Máchovy přízraky aneb Mnohojazyčnost jako literární kánon* [*Máchas Gespenster oder Mehrsprachigkeit als Literaturkanon*], in Haman / Kopáč (ed.) 2010, S. 26–39.
Jaromír Wágner: *K. H. Mácha v dějišti svých Cikánů* [*KHM am Schauplatz seiner Zigeuener*], Prag 1996.
Astrid Winter: *Der »deutsche« Mácha. Entwicklungslinien der deutschen-tschechischen Rezeptionsgeschichte Máchas untersucht am Beispiel der Dichtung Máj*, in Brücken, Germanistisches Jahrbuch Tschechien Slowakei, N.F. 22, 2014, S. 255-275.

Astrid Winter: *Deutsch-tschechische Bilingualität als Faktor literatursprachlicher Innovation. Karel Hynek (›Ignaz‹) Máchas Sprachwechsel im Kontext der Werkrezeption*, in Ch. Mauerer (ed.): *Mehrsprachigkeit in Mittel-, Ost- und Südosteuropa. Gewachsene historische Vielfalt oder belastetes Erbe der Vergangenheit*. Regensburg 2017. S. 164-191.

Astrid Winter: *Mehrsprachigkeit und jüdische Identität. Deutsch-tschechische interkulturelle Transferprozesse im 19. Jahrhundert am Beispiel Siegfried Kappers*, in Brücken. Germanistisches Jb. Tschechien Slowakei, N.F. 25, 2018, S. 73-98.

***

Schlussbemerkung des Verlagskassiers
Physeter Mousaios Hecht:
»Ohne Fleisch kein Preisch!«

+++

Das ***Kētos*** ist das Ungeheuer der Muse und übersetzt mit dem höchsten poetischen und wissenschaftlichen Ernst.
Weitere Bücher des Monsters ***Kētos***, die ohne Wenn und aber gelesen werden **MÜSSEN**, sind:

Otokar Březina: *Geheimnisvolle Weiten – Symbolismus vom Feinsten*, übers. Ondřej Cikán, ***Kētos***, Wien / Prag 2019.

Josef Váchal: *Der blutige Roman – Versuch um den Typus des idealen Schundromans*, übers. u. kommentiert v. Ondřej Cikán, ***Kētos***, Wien / Prag 2019.

Vítězslav Nezval: *Valerie und die Woche der Wunder – Poetistischer Schauerroman*, übers. Ondřej Cikán, ***Kētos***, Wien / Prag 2018.

Longos: *Daphnis und Chloë – Poetischer Liebesroman*, übers. u. kommentiert von Ondřej Cikán und Georg Danek, ***Kētos***, Wien / Prag 2018.

Wynfried Schecke zu Gülitz: Margot – Ein Roman-Bestseller vom Leben einer Baroneß und vom Leiden ihres Pferdes, ***Kētos***, Wien / Prag 2020.

Und weil wir noch eine Seite Platz haben,
hier alle Publikationen des ***Kētos***,
das poetische Abenteuerprosa
und abenteuerliche Poesie herausbringt.

www.ketos.at

Deutsch oder zweisprachig:

1: J. H. Krchovský: *Mumie na cestách* | *Mumie auf Reisen* (2018)
2: Longos: *Daphnis und Chloë* (Altgriechisch | Deutsch, 2018)
3: Zuzana Lazarová: *Železná košile* | *Das eiserne Hemd* (2018)
4: Vítězslav Nezval: *Valerie und die Woche der Wunder* (2018)
5: Josef Váchal: *Der blutige Roman* (2019)
6: Karel Hynek Mácha: *Dopisy v ohni* | *Briefe im Feuer* (2019)
7: Otokar Březina: *Tajemné dálky* | *Geheimnisvolle Weiten* (2019)
8: Rainer Maria Rilke: *Cornet* | *Kornet* (2019)
9: Wynfried Schecke zu Gülitz: Margot — Ein Roman-Bestseller (2020)
10: August Vojtěch Nevšímal: Tollenstein (2020)
11: Karel Hynek Mácha: *Máj* | *Mai* (2020)
12: Adam Borzič: *Dějiny nitě* | *Die Geschichte des Fadens* (2020)
13: Ondřej Hložek: *Trautes Heim* (2020)
14: J. H. Krchovský: *Jakoby* | *Als ob* (2020)

— in Vorbereitung für 2020:

- Vítězslav Nezval: *Sexuální nocturno* | *Sexuelles Nocturno*
- Karel Hlaváček: *Pozdě k ránu* | *Spät am Morgen*
- Jana Krejcarová / Černá: *Totale Sehnsucht*
- *Manifest Múzismu* | *Manifest des Musismus*

Nur Tschechisch in Vorbereitung für 2020:

- Ondřej Cikán: *Nejsladší potrava*
- Ondřej Cikán: *Komentář k Váchalovu Krvavému románu*

Veritas vincit Omnia vincit Amor